살아보니, 대만

살아보니, 대만

초판 1쇄 발행 2021년 10월 29일
　　3쇄 발행 2023년 2월 22일

지은이 조영미
펴낸이 강수걸
기획실장 이수현
편집장 권경옥
편집 신지은 오해은 강나래 이선화 이소영
디자인 권문경 조은비
펴낸곳 산지니
등록 2005년 2월 7일 제333-3370000251002005000001호
주소 부산시 해운대구 수영강변대로 140 BCC 613호
전화 051-504-7070 | 팩스 051-507-7543
홈페이지 www.sanzinibook.com
전자우편 sanzini@sanzinibook.com
블로그 sanzinibook.tistory.com

ISBN 978-89-6545-759-6 03800

살아보니, 대만

조영미 지음

산지니

추천사

기다리던 책입니다.

우리가 알았다고 생각한 대만과 대만인들을 모르고 있었음을 알게 해주는 책입니다.

우리가 궁금히 여겨오던 대만과 대만인들의 여러 모습을 이해할 수 있게 해주는 책입니다.

조영미 박사는 여러 나라를 살아보고 또 여러 문화를 경험한 한국어 교사로서 대만 한국어 교육 현장의 여러 모습을 보여주고 한국어 학습자들의 대학 졸업 후 진로, 취업, 한국 유학 등 그 고민과 미래 계획까지 들려주고 있습니다. 한국어 교육, 특히 대만의 한국어 교육에 관심이 있는 독자라면 살아 있는 많은 정보를 얻을 수 있을 겁니다.

저자는 대만의 정치, 경제, 사회, 문화를 오랫동안 다루어온 대만 전문가는 아니지만, 도리어 전문가라면 놓칠 수도 있는 대만인들의 소소한 삶의 모습과 그들의 무심한 듯하면서도 따스한 마음을 세세히 그리고 찬찬히 적고 있습니다. 마치 추운 겨울날 친한 친구가 아무 말 없이 핫팩을 우리의 손에 슬그머니 쥐어주는 것처럼 4년간 살고 느낀 대만을 펼쳐 보이고 있습니다. 그러기에 우리가 그 거리에, 편의점에, 식당에, 도서관에, 학교에, 은행에 심지어 세무서에 저자와 같이 서 있거나 앉아 있는 것처럼 느끼게 합니다.

이 책은 저자가 천상 교육자이고 연구자임을 잘 보여주고 있습니다. 중국어를 배우면서도 외국어를 외국인의 사고로 받아들여야 한다는 언어교육적 연구 과제를 제기하고, 자기 나라에 거주하는 타 국가 출신의 외국인들을 외국인으로 보기 이전에 주민으로 봐야 함을 깨닫게 해줍니다.

이 책은 저자의 말대로 대만에서 살아보고자 하는 이들이나 대만과의 교류를 준비하는 개인 혹은 단체에게 꼭 필요한 책입니다. 『살아보니, 대만』 2편, 3편 등 후속편이 계속해서 이어지길 고대합니다.

송향근(宋享根)

부산외국어대학교 한국어문화학부 교수,

전 세종학당재단 이사장

추천사

　2013년 1월, 한국에서 한 해를 시작하게 되었습니다. 당시 저는 교환교수 자격으로 한국 가톨릭대학교에 방문했고 국제교육에 대해서 연구할 계획이었습니다. 이 연구를 위해서는 한국어 능력이 필요했기에 저는 정식 교육기관에서 한국어를 배우기로 했습니다.

　조영미 선생님은 당시 가톨릭대학교 한국어교육센터의 코디네이터이자 제 한국어 선생님으로 만나게 되었습니다. 한국을 몇 번 방문한 적이 있었으나 정식으로 한국어를 배운 적은 처음이었고, 저보다 스무 살은 더 어린 학생들과 한국어 수업을 듣는 일은 생각보다 녹록지 않았습니다. 대만에서는 겪지 못했던 한국의 추위를 감당하는 일만큼이나 쉽지 않았죠. 조영미 선생님은 저의 그러한 어려움을 간파해주었고, 제가 연구에 필요한 한국어를 빨리 익힐 수 있도록 물심양면으로 도와주었을 뿐만 아니라 다른 학생들과도 어울릴 수 있게 이끌어주었습니다. 그리하여 저는 스무 살 학생들과 함께 노래대회에 나가 노래와 춤도 선보였고, 월드비전을 직접 방문해 한국의 기부 문화를 이해하고 담당자를 인터뷰하는 기회도 갖게 되었습니다. 그해 저는 한국어능력시험중급(3급)에 합격했고, 한국교육에 대한 연구 논문도 발표하게 되었습니다. 한국에 머물렀던 한 해 동안 저는 조영미 선생님과 함께함으로써 이전에는 미처 경험할 수 없었던 살아 있는 한국문화를 체험했습니다. 이로써 한국이라는 나라가 제게 아주 특별하게 다가오게 되었습니다.

얼마 후, 조영미 선생님의 대만행이 결정되었을 때 저는 무척 기뻤습니다. 조영미 선생님과 함께하는 시간이 기대되었고, 또한 제 연구가 한국어뿐만 아니라 한국사회문화를 이해해야 하는 터라 조영미 선생님의 도움이 절실했기 때문이었습니다. 마침내 우리는 대만 과학기술부 프로젝트의 일환으로 '한국과 대만의 평생학습정책 비교 연구'를 진행하게 되었습니다. 이 프로젝트를 위해 2018년, 저를 비롯해 대만교육부 평생교육국장 및 교육부 관계자들이 한국에 와서 각 대학의 평생학습기관 및 평생학습도시를 방문할 기회가 있었고 이때 조영미 선생님은 공동 연구자로서 우리와 함께 동행하며 통역 및 업무 진행을 도왔습니다.

뿐만 아니라, 대만에서는 조영미 선생님을 제가 근무하는 국립지아이대학교(國立嘉義大學)에 초청해 외국인 석사생들을 대상으로 문화교육에 대한 상의를 종종 부탁하기도 했습니다. 대만에 거주하는 같은 외국인의 입장에서 자신들의 경험과 생각을 이해해주며, 그들의 상호문화 이해와 의사소통을 바람직한 방향으로 이끌어주는 조영미 선생님의 강의를 학생들은 무척 흥미로워했습니다.

『살아보니, 대만』은 조영미 선생님이 대만에 거주했던 지난 4년간의 기록입니다. 이 책은 대만에 관한 다양하고 흥미로운 주제를 담았고, 한국과 대만의 문화 차이뿐만 아니라 그것을 이해해가는 조영미 선생님의 노력과 일상이 담겨 있습니다. 선생님이 보내신 대만에서의 시간을 함께할 수 있어서 저 또한 보람이 있다고 생각합니다.

조영미 선생님의 책 출간을 축하드리며, 제가 이 책의 추천사를 쓰게 된 것을 영광으로 생각합니다. 앞으로 이 책이 한국-대만의 교류가 더욱 활발해지는 데에 큰 역할을 하리라 기대합니다.

황월순(黃月純)
국립지아이대학교 사범대학원장(國立嘉義大學師範學院 院長)

머리말

대만은 한국과 가까운 나라이다. 지리적 위치만이 아니다. 대만인은 한국에, 한국인은 대만에 대한 관심이 크다. 그 관심의 시작은 각각 방송 프로그램이라 생각했다. 그러나 시간을 거슬러 올라가 보면 둘은 이미 서로에 대해 잘 알고 있었다. 특히 부산과 대만의 남부 도시 가오슝이 그러하다. 가오슝은 대만 남부에 위치한 세계 3대 항구도시로 알려져 있다.

부산은 가오슝과 1966년 자매 도시 협정을 체결하였으며, 이로써 가오슝은 부산의 첫 국제 자매 도시가 되었다. 2016년에 이르러 이들은 50년 지기가 되었으며, 2017년 9월에는 〈부산-가오슝 문화 예술 및 도서 협력 교류 의향서〉를 체결하여 양 도시 간 교류를 확대했다. 뿐만 아니라 대만은 한국 전쟁 이후 정치적, 경제적으로 밀접한 협력관계를 맺은 국가로, 대만의 한국어 교육은 1956년 국립정치대학교 동방어문학과의 한국어조(組) 개설을 시작으로 60년 이상의 긴 역사를 이어왔다.*

한국과 대만의 국교 단절 이후 서로 간의 관계가 소홀해졌으나 1990년대 후반 한류의 영향으로 대만 내 한국어 교육에 대한 관심이 고조되었으며, 2004년 대만-한국 항공 노선 운항이 재개되어 기업 간의 교류가 활발해졌다. 대만의 교육부, 외교부, 이민국, 조사국 등 공공기관에서 잇따라 한국어 가능자 채용을 시작하면서 한국어 인재 수요가 시급해졌다.** 2015년 기준으로, 대만은 한국의 8위 수출 시장이며, 수입까지 합치면 5대 교역국으로 자리를 잡고 있었는데, 한국의 경제력과 경쟁력이 대만을 크게 앞섰다는 판단에 따라 현 정부는 '한국 학습'에 적극 나설 것을 여러 차례 강조한 상황이었다.***

이는 내가 대만으로 간 이유와 무관하지 않다. 당시 일하던 대학과 자매 결연을 맺은 가오슝의 한 대학에서 한국어와 한국문화를 가르칠 기회가 생겼고, 고민 끝에 대만행을 결심했다. 2015년 메르스가 대한민국을 강타할 무렵, 신체 건강한 세계시민으로, 한국에서 태어나 자란 한국인으로, 대학에서 한국어와 한국문화를 가르치는 교수자로 대만 살이를 시

---

* 조영미(2017), 「팽창하는 대만의 한국어 교육: 현황 및 과제」, 『문화예술지식DB』 아키스브리핑 제146호, 한국문화관광연구원.
** 곽추문(2016), 「대만 한국학 교육 현황과 전문인력 양성의 문제점」, 『반교어문연구』 43, 반교어문학회, 296-316쪽.
*** 박한진(2016), 「다시 읽는 대만」, 『신동아』 2016년 3월호.

작한 것이다. 사실 이것만으로는 기존에 내가 해왔던 일과 크게 다르지 않다. 나는 이십 년 넘게 한국을 비롯해 미국, 캐나다에서 한국어를 가르쳐왔다. 오랜 시간 다양한 국적의 학생들과 생활하며, 한국에 살아도 외국인과 보내는 시간이 더 많을 때도 있었다. 그렇게 비교적 다문화와 이문화의 경계에서 서로 다른 문화를 제법 잘 이해하고 있다고 스스로를 믿었다. 그런데

살아보니 그게 아니었다.

주변에는 한국인이 거의 없었기에 다수의 특정 그룹에서 '(한국인으로) 나 혼자 산다'는 일상 경험은 처음인 셈이었는데, 중국어 지식이 전무한 '교양 있는 서울 사람'은 중국어와 대만어, 간자체와 번자체를 오가며 문맹 체험을 통과의례처럼 거쳤다. 나는 정말로 아는 것이 없었다. 당연한 것들은 당연하지 않았고, 내게 새로운 것들이 그들에겐 일상이었다. 새로운 문화를 열린 마음으로 받아들이기보다는 먹고살기 위해 꾸역꾸역 흡입해갔는데 그럴 때마다 누군가가 한 말이 떠올랐다. 대만은 아시아 국가이니, 음식도 언어도 사람들의 사고방식까지도 한국과 무척 비슷할 거라고. 살아보니 대만에서는 생각과는 다른 일들, 살아야만 알 수 있는 일들이 이어졌다.

대만행을 결심하기까지 여러 우여곡절이 있었는데, 당시 중학생이었던 아이의 학업, 그리고 남편과 나의 직장 문제로 세 가족이 함께 살 수 없는 상황이 가장 큰 고민거리였다. 기약 없는 기러기 생활을 결정하고, 아이를 데리고 대만의 남부로 떠났다. 쉽지 않은 결정이었고, 쉽지 않은 삶이 우리를 기다리고 있었다.

삶은 누구에게나 녹록하지 않고, 때론 숨만 쉬고 살아가도 짐이 된다. 낯선 곳에서는 그나마 숨도 잘 안 쉬어진다. 덥고 (여름 기온 37도, 체감온도 43도가 12일 동안 이어지는 날이 있고) 습한 날씨에(습도 때문에 여름에는 더 덥고, 겨울에는 10도만 돼도 추우며) 침대가 위아래로 들썩이며 몸을 흔들어대는 6.8 규모의 지진이나, 간판을 종잇장처럼 날려버리는 태풍도 겪었다. 두려웠다. 자연환경의 차이가 삶에 어떠한 영향을 끼치는지를 미처 몰랐던 스스로를 탓하는 수밖에 없었다.

살고 또 살아야 했다. 서툰 중국어로 일을 해서 돈을 벌고, 그 돈을 가지고 음식을 사고, 아이를 학교에 보내고, 한 시간에 두세 번 오는 버스를 타고 지하철역을 향하고, 세금 신고를 하러 다녔다. 회의에 참석해 가만히 앉아 있다가 누군가가 눈을 세모꼴로 하고는 날더러 의견이 없느냐고 물으면 차라리 과묵해지는 편을 택하기도 했다.

만나고 또 만나야 했다. 사춘기 아들에게 간만에 부드럽게 말이라도 걸라치면, 앞에 가던 행인 1이 우리를 휙 돌아보거나 행인 2가 나를 뚫어지게 쳐다보곤 했다. 버스에서 만난 행인 3이 "Where are you?"(아마 "Where are you from?"이라고 묻고 싶었던 것 같다)라 물을 때 "워스한궈런"(我是韓國人. 나는 한국인입니다)이라고 말해주고, "일본인이에요?"라고 묻는 행인 4에게도 같은 대답을 했다. 캠퍼스 안에서는 반갑게 손을 흔들며, "안녕"이라 말을 건네는 어린 학생들에게 "안녕하세요?"라며 공손히 인사해주었다.

숨 쉬고 또 숨 쉴 수 있었다. 매일 아침 아이의 등굣길에 만나는 노부부가 잘 익은 구아바를 까만 비닐에 담아 주거나 갓 찐 옥수수를 건네주며 식기 전에 얼른 먹으라고 할 때, 아이의 스쿨버스를 놓치고 어찌해야 할 바를 몰라 발을 동동 구르고 있는데 같은 학교 학부모 한 명이 차를 몰고 와 아이를 태우고 학교로 데려다줄 때, 한 학생이 "셩셩님, 대만에 오싯서서 감사합니다(선생님, 대만에 와 주셔서 감사합니다)"라고 적은 카드를 건넬 때 안도의 한숨과 기쁨의 탄식을 내쉬었다. 고마운 사람이 너무나도 많았고, 그들은 곁에 있었다.

이 외에도 용기만으로 다른 나라에서 일해서 먹고살며 아이를 키우기에는 따져볼 사항들이 너무 많았다. 당장 살기에는 대만에 대해 너무 아는 것이 없었다. 그래도 살아봤다. 살아보니 일상이 배움이 되어 살아가는 방법을 조금씩 알 수 있었다. 하루를 보내다 보면 누가 알려주지 않아도 알게 되는 일들이 있었는데, 그것은 정보나 지식의 역할뿐만 아니라 대만인을 대하고 이해하는 방식의 열쇠를 제공해주었다. 그리하여 대만에 대해 잘 알지도 못하고 몸으로 부딪쳐가며 살아왔다며 자책하는 대신 그 과정을 풀어가며 조금씩 대만에 대한 이해의 폭을 넓혀가기로 했다. 어차피 삶에서는 살아봐야 알 수 있는 일이 대부분이 아닌지, 라고 생각할 수 있는 여유도 생겼다.

나는 대만을 만났고, 대만도 나를 만났다. 어찌 되었든 간에, 우리는 함께 살았다. 진심을 다해.

이 글은 지난 4년간의 기록이다.

대만행을 준비하면서 가장 힘들었던 점은 대만에 대한 정보 부족이었다. 정말 아는 것이 아무것도 없었다. 워킹 홀리데이나 대만인과의 국제결혼을 준비하기 위한 정보는 있었으나 그 이외의 이유로 대만에 거주할 이들을 위한 정보는 턱없이 부족했다. 어떻게 어디에서 무엇을 찾아야 하는지조차 몰랐다. 질문이란 뭐라도 알고 있어야 할 수 있는 법이었으니.

이 책은 대만에서 살아보고자 하는 이들이나, 대만과의 교류를 준비하는 개인, 단체에 도움을 주기 위해 기획되었다. 나는 준비 없이 많은 일을 온몸으로 부딪쳐갔으나 다른 분들은 부디 대만과 대만인을 조금이라도 이해하는 마음의 준비가 되어 있기를 바라는 마음이다.

이 글을 쓰는 내내 나와 기꺼이 일상을 보내준 고마운 대만 친구들과 성실한 한국어 학생들이 떠올랐다. 이 글을 통해 낯선 곳에서 고군분투하며 삶을 일구어가는 분들과 공감대를 형성할 수 있다면 참 다행일 것 같다는 생각이 든다.

무엇보다도 한국어 학습에 온 힘을 기울이는 우리 학생들, 국내외에서 한국어 교육을 위해 힘쓰는 분들과 함께 나의 경험을 나눔으로써 이로 인해 한국어 교육에 대한 인식이 한 단계 더 나아가기를 바란다.

차례

1장 대만살이

2장 대만인, 얼마나 알고 계십니까?

1장

대만살이

DAY 1, 신기한 대만 문화 TOP 5

2015년 7월 중순의 어느 날이었다.

아이와 나는 가오슝샤오강국제공항(高雄小港國際機場)에 도착했다. 새벽이었고, 예정된 일정보다 늦은 시간이었다. 입국장의 자동문이 열리자 덥고 습한 새벽 바람이 밀려왔다. 나도 모르게 숨을 한번 크게 들이마시고는 주변을 두리번거렸다.

위칭이 나를 향해 손을 흔들었다. 그녀는 내가 일할 학교의 교직원이자 친구이다. 현지인이 나를 맞이하고 있다는 안도감에 환하게 웃었다.

교직원 기숙사에 들어가 대충 짐을 정리한 다음 씻고 자리에 누워 잠을 청했다. 새벽의 고요가 낯설게 느껴졌다. 집이 아닌 이국땅에 누워 있다는 사실이 실감 나지 않았다. 혁오의 노래를 틀었다.

다들 그렇게들 떠나가요 / 이미 저 너머 멀리에 가 있네 / 여기에는 아무도 안 올 테니 / 그냥 집으로 돌아갈래 노래 마지막에 혁오는 크게 숨을 들이마시는데 예전에 미처 듣지 못했던 그의 숨소리가 그날따라 크게 울렸다. 노래 제목은 '와리가리'였다.

와리가리. Come And Goes.

대만, 아니 엄밀히 말하자면 가오슝에서의 생활은 그렇게 시작되었다. 낯선 곳을 '와리가리' 하며 탄성을 뱉거나 한숨 짓게 되는 날들이 얼마나 펼쳐질지도 모르는 채.

오전 9시. 잠자리에서 일어났다. 한국보다는 한 시간 늦었지만 여전히 하루의 시작점에 있었다. 본격적으로 하루가 시작되었으니 오늘을 살아야 했다.

밖으로 나갔다. 학교 후문에 버블티 가게가 보였다. 그래, 거기부터다. 대만의 신기한 문화 체험의 현장이 열렸다.

5위, 복잡한 주문

버블티 가게 카운터에 세워진 메뉴판을 보았다. 모두 다 한자였고, 글자 하나하나는 읽어도 그들이 모여 무슨 말을 만들어내고 있는지는 도통 알 수 없었다. 그때 생각난 단어가 있었으니 바로, '전주나이차(珍珠奶茶)'였다. 대만이 원조인 버블티는 버블티가 아니라 '전주나이차'라고 부른다는 학생의 말이 떠올랐다. 그런데 메뉴에는 보이지 않았다. 하는 수 없이 용기 내어 중국어 발화를 시작했다.

"전주나이차."

점원은 반응이 없었다. 약 5초간의 정적이 흐르자 그는 내게 물었다. 이번에는 내가 그의 말을 알아들을 수 없었다. 눈치를 보아하니, 그의 질문은 몇 잔을 마시겠냐는 뜻인가 싶어, 소심하게 오른손 검지를 들어 보였다. 그는 또 내게 물었다. 나는 그에게 답을 해줄 수 없었다. 그는 또 내게 뭔가를 물었다. 나는 연신 '전주나이차'라고 했다. 결국 그는 알아들을 수 없다는 표정을 지었다. 누가 먼저 포기하느냐의 싸움이 될 것만 같았다. 이대로 포기하고 갈까, 하다가 점포에 붙은 사진 한 장을 가리켰다. 그것은 전주나이차가 아니었다. 하지만 나는 뭐라도 말해야 했다.

"이양(一樣, '같다')."

풀어 말하자면, "지금 내가 가리키고 있는 것과 같은 음료로 주세요, 제발요"라는 의미였다. 점원은 또다시 내게 뭔가를 물었으나 나는 일관성 있게 "이양"을 외쳤다. 그는 뭔가 마뜩잖은 표정을 짓더니 무언가를 만들기 시작했다.

잠시 후, 그가 음료를 건넸다. 계산을 해야 했다. 지폐 한 장을 내고 동전을 여섯 개 받았다. 나는 알고 있었다. 앞으로 내 지갑은 동전으로 가득 찰 것이라는 사실을 말이다.

그날, 대만 남부의 음료와 음식은 상당히 달다는 것과 음료를 주문할 때에는 사이즈나 설탕과 얼음의 양까지 알려주어야 한다는 사실을 알게 되었다(당도와 얼음의 양을 고객이 선택하는 부분은 한국과 동일하긴 하다). 참고로, 대만 음료 가게의 메뉴에는 보통 '전주나이차'가 나와 있지 않다. 왜냐하면 '전주'는 추가 옵션이기 때문이다.

대만에서는 음료뿐만 아니라 길거리 음식을 사 먹을 때에도 점원으로부터 여러 질문을 받는다. 잘라 드릴까요? 계란을 넣어요? 치즈를 넣어요? 소금을 뿌릴까요? 후추는요? 등등 개인의 취향을 묻는 질문이 쏟아진다. 그래서 새로운 음식을 먹을 때마다 그에 따른 옵션을 묻는 질문까지 함께 이해해야 했다.

4위, 더운 날씨와 양산

정말 그럴 줄은 몰랐다. 대만 날씨가 덥다는 건 익히 들었지만 그렇게까지 더울 줄은 몰랐다. 자고로 여름에는 35도가 넘는 일이 예사라 폭염주의보도 내리지 않는다. 햇빛도 엄청 강하다. 그래서인지 상가 1층에는 차양이 줄지어 달려 있고, 그것을 따라 남의 점포 앞을 스스럼없이 지나가는 이들이 허다하다. 이것은 대만인이 '태양을 피하는 방법'이다. 그들을 따라 차양 아래로 그늘을 찾아 움직이던 아이와 나는 야구모자와 선글라스를 각각 착용했다.

이로써 우리는 외국인이라는 게 증명되었다. 대만인은 모자를 잘 쓰지 않았다. 선글라스를 낀 이들도 보이지 않았다.

대신 그들은 양산을 쓴다. 젊고 건장한 남성들이 양산을 들고 있는 모습이 낯설게 보였다. 양산을 하나 마련해야겠다는 생각이 들었지만, 어디서 사야 할까, 라는 고민은 나중으로 미뤘다.

이것은 아주 어리석은 생각이었다. 양산을 쓰지 않고 다닌 탓에 피부 상태는 급속도로 나빠졌고, 대만 생활 말기에는 햇빛 알레르기라는, 없던 증상까지 생겨 피부과 신세를 지게 되었으니 말이다. 양산은 대만 생활의 필수품이다. 참, 양산은 중국어로도 '양산(陽傘)'으로 발음한다.

3위, 오토바이

줄지어 달리는 오토바이를 보았다. 이게 무슨 일인가, 싶었다. 오토바이는 도로 위뿐만 아니라 보도 위에서도 달린다. 게다가 가게 앞에 주차된 오토바이들 때문에 보행자가 걸어갈 공간도 충분하지 않았다. 차도와 인도를 번갈아 가며 걷다 보니 너무 위험했다. 주변을 둘러보니 걸어가는 이들이 별로 없었다. 이곳은 보행자를 배려하지 않는군, 객지 생활에서의 불평이 시작되었다.

할머니와 할아버지들이 오토바이를 타고 다니는 모습도 놀라웠다. 몇몇 노인들은 한쪽 다리를 바닥에 닿을까 말까 한 자세로 천천히 오토바이를 몰았다. 그들의 한쪽 다리는 브레이크 역할을 했고, 우리는 그 비틀거리는 오토바이를 피하는 '감각'을 키워야 했다.

오토바이는 중국어로 '지처(機車)'인데, '오토바이'라고 해
도 대만인들은 알아듣는다. 대만 남부에서 쓰는 언어와 같기
때문이다.

2위, 기다리면 울리는 그 노래

집에서 잠시 쉰 후, 아이와 함께 저녁을 먹으러 밖을 나섰
다. 그런데 골목에 사람들이 많았다. 사람들은 점점 몰리고
있었고, 모두 갑자기 바쁜 걸음으로 움직이기 시작했다. 심
지어 몇몇 사람은 뛰어갔다. 무슨 일이 일어났나 싶어 그들
을 따라 뛰었다. 골목을 벗어나자 벨소리가 점점 더 크게 들
려왔고, 사람들은 달리기를 멈췄다.

그때 우리 앞에 거대한 트럭이 한 대 멈춰섰다. 그것은 바
로 쓰레기차였다.

대만에서는 정해진 시간에 쓰레기차가 클래식 음악을 울
리며 나타난다. 그 시간에 맞춰 쓰레기를 버리지 않으면 (특
히 저녁 시간대에) 그다음 날까지 기다려야 하기에 그렇게 열
심히 뛰어가는 것이었다.

참고로, 대만에는 종량제 쓰레기봉투는 따로 없고 마트에
서 일반 봉투를 사서 쓰면 된다. 그리고 꽉 채운 쓰레기봉투
를 밖에 세워놓으면 벌금을 물어야 한다. 무덥고 습한 날씨
에 쓰레기를 오랜 시간 방치하면 위생상의 문제가 일어나기

때문이라고 한다.

1위, 마스크

무더운 날씨에 마스크를 쓰고 다니는 사람들이 무척 신기해 보였다. 마치 그들은 습관처럼 마스크를 쓰고 다니는 듯했다. 오고 가는 이들의 상당수는 마스크를 쓰고 있었다. 뿐만 아니라, 야외에서 보도하는 방송 기자나 인터뷰하는 이들도 마스크를 쓰고 있었다.

이후에 알게 된 이야기인데, 마스크, 오토바이, 헬멧은 하나의 세트였다. 도로를 가로지르며 달리면 매연을 들이켜니 마스크를 써야 했다. 또한 가오슝에는 공장이 많아 공기가 좋지 않기 때문에 마스크를 쓰고 다니는 편이 좋다고 들었다. 혹은 피부 상태가 좋지 않거나 피곤한 모습일 때 마스크를 쓰는 학생들도 있었다.

마스크는 중국어로 '커우자오(口罩)'이다. 이 또한 생활 속에서 배울 수밖에 없는 단어가 되었다. 왓슨스에서 세일을 할 때 나도 모르게 묶음으로 마스크를 구매해 하나 쓰고 나오면서 '아, 나도 대만 생활에 익숙해졌구나'라는 생각을 한 적이 있었다.

대만살이 팁

내가 대만에 도착한 첫날 배운 중국어는 바로 이것이다.

종베이(中杯, 중간사이즈), 반탕(半糖, 설탕은 반), 샤오빙(少冰, 얼음 조금), 지아 전주(加珍珠, 버블 추가).

이처럼 대만에서 음료를 주문할 때에는 사이즈, 설탕과 얼음의 양, 그 외 추가 사항 등을 말해야 한다.

살아보니, 대만

대만살이를 위한 두 가지 조언

타이완(台灣), 중화민국(中華民國, Republic of China), 대만(臺灣). 모두 같은 이름이다. 개인적으로는 타이완보다 대만이 더 친숙하고 덜 혼란스럽다. 타이완, 타이베이, 타이랜드의 타, 타, 타 자로 시작하는 명칭의 혼돈과 부족한 정보력으로 인해 빚어진 오해가 적지 않아서이기도 하다[타이완(Taiwan)은 대만, 타이베이(Taipei)는 대만의 수도, 타이랜드(Thailand)는 태국]. 이는 2015년 당시 대만에 간다고 했을 때 많은 이들이 내게 건넨 질문과 그에 따른 내 대답에서 알 수 있다.

1단계
Q: 대만에서는 코끼리가 마사지를 해준다며?
A: 코끼리 마사지는 태국에서 받습니다.

2단계
Q: 대만에서는 어느 니라 말을 씨?
A: 대만에서는 중국어를 씁니다.

<u>3단계</u>

Q: 대만 중국어랑 중국 중국어랑 같아?

A: 같긴 같은 거 같은데….

<u>4단계</u>

Q: 거기 아주 덥다며? 겨울이 있어?

A: 덥긴 덥다는데 겨울은… 있긴 있겠지?

<u>5단계</u>

Q: 대만은 일본이랑 비슷하다며?

A: 어, 그런가? 그건 잘….

당시 나는 1, 2단계 질문을 제외하고 중급 이상 수준의 질문에는 대답할 수 없었다. 이러한 과정을 통해 깨달았다. 나를 비롯한 많은 한국인이 대만에 대해 잘 모르고 있다는 사실을. 불과 오 년 전의 일이다.

대만행을 앞두고 이런저런 준비로 마음이 급할 때였다. 가오슝에 오래 거주한 한국인에게 조언을 구하며, 대만에 가기 전에 꼭 준비해야 할 사항에는 무엇이 있느냐고 물었다.

그는 다음의 두 가지를 알려주었다.

첫 번째, "전기장판을 갖고 오세요."

무더운 대만에도 겨울은 있다면서, 대만은 습도가 높아 찬 바람이 불면 더 춥게 느껴지고, 게다가 실내에 난방시스템이 갖춰 있지 않으니 전기장판 하나쯤은 준비해 오라는 말이었다. 그래도 추워 봤자 영상 10도 안팎일 텐데 그 정도 날씨에 전기장판이 필요할까 싶었다. 그 정도 온도에 동사자가 나왔다는 대만 뉴스를 들었을 때도 과연 그럴 수 있을까 했는데, 정말 그럴 수도 있었다.

대만에 오래 산 지인의 표현을 빌리면 대만의 추위는, "젖은 몸으로 찬바람을 맞는 느낌" 그 자체였다. 나는 그 말을 대만에서 맞은 첫 겨울에 체감했다.

실내가 바깥보다 추운 겨울이었다. 집 안에 있으면 코끝이 시려왔고, 입만 벌리면 허연 입김이 나왔다. 결론은, 대만의 겨울을 안락하게 나려면 전기장판이든 온풍기든 난방기기가 필요하다는 것이다. 대만의 전기는 110 볼트라 한국에서 전기장판을 가져가려면 변압기도 필요했다. 한인들이 가오슝에서는 (본인에게 맞는) 전기장판 찾기가 쉽지 않다고 하기에 일단 한국산 전기장판을 가지고 갔는데, 덕분에 그 겨울을 잘 버텼다.

사실 현지에서도 전기장판을 구할 수는 있다. 나는 종종 온라인 사이트에서 필요한 물품을 구입했다. 온라인 사이트에서 전기장판(혹은 전기담요)를 사기 위해서는 다음과 같이 입력하면 된다. 電毯.

두 번째, "중국어를 좀 배우고 오셔야 할 겁니다."

대만에서는 영어가 어느 정도 통한다는 대만인의 말만 믿고, "아주 기본적인 중국어 회화만 공부해 가면 되겠지"라는 안일한 생각을 하고 있던 터였다. 출국을 두 달여 앞둔 시점에서 중국어를 부지런히 배워도 큰 성과는 기대하기 어려운 상황이었으나 조금은 하고 가는 것이 아예 안 하는 것보다는 낫다는 심정으로 초급 중국어 교재를 구입했다.

2015년 5월 어느 날, 온라인 강의를 들으며 "니하오(你好)"부터 중국어를 시작했다. 나는 그 이전에 중국어를 배워본 적이 없었다. 단, 한국 내 한국어 학습자의 대부분은 중국 학생들이 차지하고 있었기에 매일 중국어에 노출이 되어 있기는 했다. 그러나 의식적인 학습이 전무했으므로, 중국어는 러시아어나 아랍어와 다를 바가 없이 들려도 들리지 않는 언어에 불과했고 "몰라요(不知道, 부즈다오)"도 모르는 상태로 대만에 도착했다.

다음은 대만에서 살면서 중국어를 어떻게 배웠는지를 이야기해야겠다. 나는 중국어를 잘하는 법을 말하는 것이 아니다. 중국어로 하루하루를 살아가는 방법을 말하려는 것이다.

나는 어떻게 중국어를 배웠나?_실전편

.

대만에 도착하자마자 일상생활을 하나씩 해결해나가며 중국어를 배웠기에 언제부터 중국어로 대화를 시작했느냐고 묻는다면 "전주나이차를 외쳤던 첫날부터입니다"라고 말할 수 있다. 하지만 그땐 너무나도 어설펐고, 내가 중국어를 했다기보다 상대가 인내심을 갖고 내 의도를 파악한 것이나 다름없었다.

가오슝에 발을 디딘 첫날부터 어찌 되었든 살아야 했기에 뭐라도 말해야 했고, 아무 의식 없이 했던 일상(쓰레기 분리수거, 음식 주문, 복사가게에서 문서 출력하기 등)은 현지인의 도움 없이는 제대로 해내기가 버거웠다. 그렇지만 단기 여행이 아닌 장기 생활이라면 상대가 매번 나를 도와주기를 기대하기는 어려운 노릇이었다.

매일 조금씩 중국어를 익혔다. 아이가 학교 과제로 컬러 출력을 해 가야 하는 날에는 사전에서 '컬러'와 '출력'이라는 단어를 찾아 연습해 가서 점원에게 말했는데, 성조가 무시된 내 중국어 발음을 점원은 이해하지 못했다. 계속해서 한국식 발음으로 "차.이.써(彩色, 컬러)"를 또박또박 네 번쯤 말했더니 결국 점원이 도와주었다. 식당에서 남은 음식을 포장해 달라는 말을 사전에서 찾아 "포장(打包, 다바오), 포장, 포장"을 중국어로 세 번씩 읊조리며 연습하고 있으면 눈치 빠른 점원이 테이블로 와서 남은 음식을 포장해 주었다. 또 매일 반복적으로 하는 일(인사, 장보기, 표지판 읽기, 학생 출석 확인, 텔레비전 시청 등)을 하다 보니 배우게 되는 단어나 표현도 하나둘 늘어갔다.

타이베이에 비해 한국인이 적은 가오슝은 중국어를 배우기에 최적의 장소라고 생각한다. 뿐만 아니라, 가오슝 사람들은 영어를 잘 사용하지 않으며 외국인에게 특히 관심이 많거나 친절하고 인내심이 많아 상대의 말을 잘 들어준다. 나의 중국어는 학교의 위생을 책임지는 여사님들, 대만의 편의점 점원, 식당과 재래시장 사장님, 그리고 인내심 많은 대만 친구들 덕분에 늘 수 있었다. 그렇게 살았더니 대만 생활 2년 후에는 중국어를 듣고 반응할 수 있게 되었으며, 다음과 같이 일상생활도 대부분 혼자 해결할 수 있었다.

1. 병원에 가서 증상을 이야기한 뒤, 의사나 약사의 주의사항을 듣고 이해할 수 있고,
2. 휘궈(火鍋, 중식 샤브샤브) 식당에 가서 국물, 양념장 종류 등을 따져가며 주문할 수 있으며,

3. 계산이 잘못되었을 때, 점원에게 재확인을 요청하고,
4. 미용실에 아이를 데려가 "우리 아이는 앞머리 스타일에
   예민하니 앞머리는 너무 많이 건드리지 마시고 옆머리
   와 뒷머리는 짧게 밀어주셔도 됩니다"라고 말할 수도 있
   었다.

물론 여전히 중국어를 잘 못 해 말할 때 매번 더듬거리기
일쑤고, 내 말을 들은 대만인들은 "선머(什麼, 뭐)?"라고 되묻
기도 했다. 또한, 휴대폰 기종이나 사양을 비교 점검하며 구
입하는 일 등에는 자신이 없었으며, 누군가가 예상하지 못
한 말을 걸 때면 잠시 머뭇거리다 답을 해주면서 버벅대곤
했다.

여전히 초급 실력을 면치 못하는 것 같은데 한 가지 달라
진 점이 있다면, 예전에 비해 덜 당황한다는 점이었다. 상대
방의 말을 못 알아들어도 한참 동안 멍하니 듣고 있으면, 키
워드가 하나씩 들리면서 상황을 어느 정도 이해할 수 있었
다. 즉, 대만에 일정 기간 살다 보니, 중국어 능력이 난데없이
향상되었다기보다 상황 파악을 빨리 해 덜 긴장하고 상황에
맞춰 움직이게 되었다.

나는 어떻게 중국어를 배웠나?_사례편

다음은 나의 중국어 학습 과정이다.

2015년 5월	<맛있는 중국어> 1, 2권으로 중국어 독학 시작
2015년 7월	대만 생활 시작
2015년 9월부터 10주간	화어중심(華語中心, 중국어교육센터) 초급(1급, 10주 과정) 수강
2015년 11월부터	교재 시청화어(視聽華語) 3권, 해커스 중국어 HSK 4급(중급)으로 독학
2016년 7월	HSK 4급(중급) 응시 및 합격, 모 중국어 학원 1개월 수강
2016년 9월	시청화어(視聽華語) 4급 독학 시작
2016년 11월	대만 중국어 시험 「華語文能力測驗」, 3급(중급) 합격 (https://reg.sc-top.org.tw/index.php 「華語文能力測驗」)
2017년 1월	해커스 HSK 5급(고급) 독학 시작
2017년 7월	HSK 5급 응시 및 합격

중국에서 활동 중인 배우 추자현이 한 프로그램에서 이런 말을 한 적이 있다. 자기는 중국에 갔을 때 중국어를 하나도 할 줄 몰랐다고. 대본을 보면 그냥 "달달 외웠다"고 했다. 그녀는 중국에서 중국어로 드라마를 찍어 유명세를 탔을 뿐만 아니라 중국인과 결혼했다. 결론은, 지금 그녀는 중국어를 잘한다는 것이다. 대만에서도 추자현이 출연한 드라마를 본 적이 있다. 어떤 방송에서는 유창한 중국어로 자기소개와 프로그램 소개를 하는 장면도 보았다(물론 그녀는 아주 솔직하게 자신은 여전히 중국어를 잘 읽고 쓸 줄은 모른다고 밝혔다). 내가 만약 중국어를 배우지 않았다면, 그녀의 '중국어 학습 원정기'를 일종의 모험담으로 웃어넘겼을지도 모른다. 그리고 이렇게 말했겠지.

"중국어를 어떻게 몇 년 안에 저렇게 하겠어?"

그러나 나는, 중국어를 전혀 모르다가 서른 살이 훌쩍 넘어 대만에 가 살면서 중국어를 능숙하게 하는 성인들을 많이 보았다. 물론, 그렇지 못한 경우도 아주 많이 봐왔지만.

중국어 전공자나 중국어 교육 담당자도 아니고, 더욱이 중국어를 잘하지도 않는 내가, 중국어 학습에 대해 이야기하고 싶은 이유는 바로 이것이다. 중국어는 한국 성인이 배우기에 불가능한 외국어가 아니다. 오히려 그 반대이다. 특히 한국인과 일본인은 중국어 학습에 아주 유리하기까지 하다. 게다가 정신이 건강한 성인이 '특별한 목적의식'까지 갖고 있다면 그 언어를 못 배울 이유를 대는 게 오히려 더 힘들지 모른다.

첫째, 한국어 어휘의 70% 이상이 한자어이다(우리는 학창 시절 국어 시간에 배웠다. 우리말에는 고유어, 한자어, 외래어가 있다고). 게다가 우리는 이미 정규 교육에서 한자를 배웠다. 우리의 이름도 대부분 한자다. 대만은 번자체(繁體)를 쓴다. 번자체는 우리가 아는 한자와 모양이 똑같다. 처음에는 획수가 많은 글자를 보면 어지러웠는데 계속 보다 보면 신기하게도 예전에 배운 한자가 하나씩 생각난다. 참고로, 중국에서는 간자체(簡體)를 쓴다. 예를 들면, '사랑 애'는 간자체로 '爱', 번자체로는 '愛'이다.

둘째, 한국어와 중국어는 발음이 비슷한 어휘가 많다. 이동, 이민, 미신, 우산, 양산, 의자, 모자, 면대면, 일대일 등. 듣다 보면 상당히 흡사하기에 눈치로 알아듣다 언어걸리는 단어가 적지 않다. 어느 날, 대만사람과 날씨에 대해 이야기하다가 내가 '열대야'라는 단어를 쓰니, "그렇게 어려운 단어를 어떻게 알았니?"라며 감탄했다. 나는 그녀에게 열대야는 한국어와 중국어가 발음이 유사해 알게 되었다고 말해주었다. 한국어를 오래 쓴 사람일수록, 어휘력이 풍부할수록 중국어는 배우면서, "어, 내가 이걸 알고 있네?"라는 생각을 하게 될 것이다.

셋째, 자신의 생업과 관련이 되면 못 할 수가 없다. 즉, "먹고살기 위해서라면" 안 될 수가 없다. 중국어를 잘못해 자신의 커리어에 흠집이 나거나 생활 아니 생존 자체가 위협을 받을 수 있다면 하게 되는 것이다. 나는 대만 현지에서 중국어뿐만 아니라 대만어까지 구사하는 한국인을 보았다. 그 또한 성인이 되어 대만에 와서 사업을 하며 중국어를 배운 사람이다. 나도 다르지 않다. 학교 측에서 보낸 중요 메일 내용을 이해하지 못하면 당장 불이익이 올 수 있다. 기본적인 규칙을 따르는 일도 중국어로 이해해야만 한다.

그 밖에 특수한 경우를 대자면, 한국 여성이 대만 남성과 결혼해 대만에 거주하며 아이를 낳아 키울 때 중국어를 잘할 확률이 아주 높았다. 그들은 대개 중국어를 전공하지 않았고, 배우자와 연애하던 시절 제3의 언어(영어나 일본어)로 대화했는데, 대만에 살면서 중국어를 배우기 시작했다. 남녀 간의 사랑보다 자녀에 대한 애정이나 육아에 대한 책임감이 외국어 능력으로 나타난 것이다. 그럼에도 불구하고, 중국어 학습 여정은 어렵고 길다.

나는 중국어의 성조(사성)를 이해하는 데 2년이 걸렸다. 그것도 어디까지나 이해하는 정도이지 정확하게 발음할 수 있다는 것은 아니다. 처음에 중국어를 들었을 때에는 1, 2, 3, 4성이 어떻게 다른지 아무리 들어도 도무지 일 수가 없었다. 심지어 다 똑같이 들렸고, 그러다 보니 내 중국어에는 성조가 사라졌다. 그 현상은 아직도 크게 달라지지 않았다.

배운 걸 써먹는 데도 오랜 시간이 걸렸다. 시청화어 4권 교재에 나오는 표현 有道理(요다오리, 우리 식으로 표현하자면, "그거 말 되네." 또는 "일리 있네."라는 뜻이다)를 배운 지 일 년이 지나서야 겨우 한 번 써봤다. 그것도 처음에 말할 때, 상대가 못 알아들은 것 같아 용기 내어 큰소리로 한 번 더 했더니 그제서야 상대가 알아들었다. 다수의 대만인과 있을 때는 좀처럼 대화에 끼어들기가 어렵다. 알아들으면 고개를 끄덕이고, 못 알아들으면 그것도 안 하고 가만히 있는다.

나는 대부분 중국어를 독학으로 배웠는데, 엄밀히 말하자면 그것은 순수한 독학은 아니었다. 한국어나 영어로 대화하다가, 적절한 순간에 "이건 중국어로 뭐예요?"라고 물으면 대만인들은 꼭 알려준다. 써달라고 하면 써주고, 문자 메시지로 보내달라고 하면 또 해준다. 중국어로 대화하다가 못 알아들으면, 천천히 다시 묻는다. 엘리베이터에서 어떤 선생이 중국어로 뭔가를 물었는데 못 알아들어 "네?"라며 한국말로 했더니 그가 이렇게 말했다.

"나는 방금 네게 물었지, 你忙不忙(니망부망, 바쁘니)?"

초급 교재에서 "你忙嗎(니망마)?"만 배웠을 때라 응용 표현을 접하면 전혀 알아듣지 못했다. 그런데 다른 표현으로 유추하고, 배우고, 다음에 다시 듣고, 이해하고, 또 다른 사람에게 써보고, 이러한 순환적 학습을 하다 보니 자연스럽게 실

력이 늘어갔다. 하나 더. 그 나라에 산다고 다 그 나라 언어
를 잘할 수는 없다. 외국어 학습에는 반드시 의식적인 노력
이 수반되어야 한다. 매일 시청화어(視聽華語) 교재를 펴고 한
과씩 공부한다. 나에게는 이것이 의식적인 학습이다. 20~30
분 정도 걸리는 시간이다. 이 교재는 대만인들이 자주 쓰는
표현을 배우기에 참 좋은 책이라고 생각한다.

사실, 중국어를 공부하면서 두려움도 많이 느꼈다. 매일 중
국어를 써도 어느 선에서 중국어가 더 이상 늘지 않을 것만
같고, 대만인들과 같이 있으면 언제나 그러했듯이 앞으로도
대화에 잘 끼어들지 못하고 고개만 끄덕거릴 것만 같고, 십
년이 지나도 중국어 말하기가 크게 나아지지 않을 것 같다는
두려움. 큰 두려움과 작은 성취감 사이를 오가며 오늘도 중
국어를 쓰고 있다.

이 글을 쓰다 보니 피식, 웃음이 난다. "어떻게 하면 한국어
실력이 좋아져요?"라고 묻는 학생들에게 "매일 해, 그냥 해,
말할 사람 없어도 혼자 말하면서 계속해"라고 학생들에게 말
해주던 조 선생, 오늘도 앞뒤가 안 맞는 말을 하는군. 정작
자기는 그럴 용기도 부족하면서.

대만살이 팁

대만의 중국어는 중국대륙에서 쓰는 중국어(보통화, Mandarin)와 같다. 어휘에 조금씩 차이가 있으나 서로 못 알아듣는 정도는 아니다. 가오슝을 비롯한 대만 남부 지역에서는 대만어(台語)를 쓰는 이들이 많은데, 이는 중국 방언 중의 하나인 민남어(閩南語)의 일종으로 일본어와 원주민의 언어를 흡수한 언어이며 주로 구어로 쓰인다. 현재 젊은이 중에는 대만어를 잘 이해하지 못하는 이들이 많다고 한다. 내가 만난 대학생 중에는 대만어를 잘 모른다는 이들이 대다수였다. 반면에, 대만어를 할 줄 아는 학생들은 대부분 조부모님과 함께 자란 이들이었다.

대만에서 계산하기

한국에 온 지 얼마 되지 않은 외국 학생들이 내게 자주 하는 질문은 바로 이것이다.

"현금영수증이 뭐예요?"

한국어를 제법 잘하는 학생들도 한국 생활이 처음이라면 현금영수증을 잘 모른다.

나도 대만에서 비슷한 경험을 했다. 초급 중국어 교재 내용에 충실해 "둬샤오첸(多少錢, 얼마예요)?"을 배웠지만 대만에서 이 말을 쓸 일은 거의 없었다. 대신 계산할 때마다 점원이 어김없이 묻는 게 있었다.

"퉁비엔이 필요합니까(需要統編嗎)?"

統編(퉁비엔). 우리 식으로 하면 법인카드 사용의 개념과 유사하다. 대만에서는 법인카드 대신, 회사 고유 번호를 사용한다. 점원은 개인이 구매하는 것인지 기관에서 구매하는 것인지 확인한다. 대부분은 개인적인 용도로 구입하므로 "아닙니다(不用, 부용)"라고 대답하면 되고, 학교나 회사 측에서 구입할 때는 고유일련번호를 알려줘야 한다.

이를 비롯해 마트 등에서 계산할 때, 점원은 고객에게 적어도 네 가지 이상 질문을 한다.

"회원카드가 있습니까? 봉투 구매하시겠습니까? 통비엔이 필요합니까? 영수증 뽑아드릴까요?"

대만 남부 지역은 물가가 저렴한 편이다. 단, 한국과 마찬가지로 과일이나 채솟값은 날씨의 영향을 많이 받는다. 태풍이 많은 지역이라 둘쭉날쭉한 가격을 감안해 장을 봐야 하며 물가 증감의 폭은 큰 편이다.

몇몇 사람이 가오슝에 한인 마트가 있느냐고 물었다. 나는 가오슝에서 한인 마트를 한 번도 본 적이 없었고, 그것이 필요하다는 생각도 하지 않았다. 대만에는 한인 마트가 따로 필요하지 않을 정도로 일반 마트에 라면, 과자, 고추장, 김치 등이 잘 구비되어 있다. 라면의 경우 '진라면'이 한 봉지에 대만 돈으로 23원(한화 약 920원)가량 한다.* 동네 마트나 편의점에서 한국 음식을 다 팔고 있고, 특히 코스트코나 까르푸에 가면 더 많은 한국 식품을 볼 수 있다. 식재료는 한국과 거의 비슷하다. 콩나물보다 숙주를 더 많이 팔고, 더운 날씨 탓에 감자를 냉장고에 넣어 보관하며, 부침용 두부보다 연두부 종류가 더 많다는 점이 한국과 조금 다르긴 한데 '정통 한

---

* 대만환율은 1NTD(New Taiwan Dollar)가 한화로 약 35원에서 39원 이상까지 변동을 보인다. 본문에서는 편의상 1NTD=한화 40원으로 계산해 표기하도록 한다.

국식'이나 '엄마 밥상'을 고집하지 않는다면 대만의 식재료로 한국 요리를 해 먹는 데 지장이 없다. 식품뿐만 아니라 한국 생리대나 샴푸, 목욕 제품, 화장품도 많다. 물론 한국에서 본 적이 없는 브랜드의 한국식품을 팔기도 한다.

나는 한국에서 작은 지갑만 들고 다녔다. 현금을 쓸 일이 없으니 거기에 카드만 넣어 다녔는데, 대만에 와서 동전도 넉넉하게 넣을 수 있는 지갑을 대만돈 100원(한화 약 4,000원)을 주고 샀다. 대만인들은 주로 현금을 쓰며 카드는 제한적으로 사용한다. 대개 카드를 아예 받지 않거나 정해진 신용카드만 받는다. 고급 식당에서는 신용카드 결제가 가능할 것이란 예측도 금물이다. 신용카드로 계산이 되는지 미리 확인해야 한다. 결국, 현금 사용이 많을 수밖에 없어 지갑에 현금을 넉넉하게 가지고 다녀야 한다. 나는 개인적으로 이것이 상당히 불편했다.

대만에서 계산할 때 가장 중요한 것은 영수증 복권이다. 영수증 번호를 추첨해 일정 금액을 제공하는 복권이다. 영수증은 버리지 말고 꼭 보관해 홀수 달에 번호를 확인해야 한다. 우체국이나 근처 편의점에 당첨된 영수증을 가지고 가면 현금으로 교환해준다. 영수증을 함부로 버리는 일은 우연히 찾아올 행운을 함께 버리는 일이라 믿으며 매일 열심히 영수증을 모았다. 나는 지난 4년간 대만돈 200원짜리 3회, 4,000원짜리 1회에 당첨됐다. 그러니까 여러분도 대만에 가면 영

수증을 정말 열심히 모아야 한다. 1등에 당첨되면 집도 살
수 있다!*

대만살이 팁

- 한국 마트에는 사은품이 많은 데 비해 대만에서는 사은품이
  거의 없다. 대신 1+1 행사를 하는 제품이 있다. 1+1은 "買一
  送一(마이쏭이)"이다.
- 할인 품목은 한국처럼 '10%'라고 쓰지 않고 '9折(주제)'라고
  쓴다. 그럼, 40% 할인은? '6折(류저)'. 할인 계산 방식이 달라
  헷갈릴 수 있으니 주의해야 한다.

---

*   영수증 복권 번호 확인 사이트 https://www.etax.nat.gov.tw/etw-
    main/web/ETW183W1/

가오슝의 교통

버스가 떠났다.

정류장에 도착하면 당연히 서야 한다고 믿었는데, 버스는 서지 않고 가버렸다. 땡볕에서 20분 넘게 기다린 버스를 허무하게 보낼 때의 상실감은 이루 말할 수 없었다. 버스는 정류장에서 멈추지 않았다. 버스 기사는 나를 보고도 태우지 않았다. 너무 억울했다.

그 후, 알게 되었다. 승객이 손을 번쩍 들어 보이지 않으면, 기사는 승객이 없는 것으로 간주한다는 것을. 이후로는 버스가 시야에 들어올 때부터 내 앞에 멈추는 순간까지 손을 열심히 흔들었다. 그 습관은 한국에 돌아와서도 한동안 고치지 못했다.

대만의 버스가 한국과 다른 점을 정리하면 다음과 같다.

1. 버스는 평균 20분에 한 대씩 오고, 주말에는 더 드문드 문 온다.
2. 일반 시내버스인데, 마을버스처럼 작은 차량도 있다.

3. 버스 승차 규정은 도시마다 다르다.

4. 타 지역 교통카드를 사용할 수 있다.

5. 교통카드는 승하차 시 모두 센서에 대야 한다. 단, 지갑이나 핸드백, 바지 뒷주머니에 넣은 채로는 인식이 안 된다. 카드를 꺼낸 뒤 '카드만' 대야 한다.

6. 버스 요금은 성인은 12원(한화 약 480원), 학생은 9원(한화 약 360원)이다. 지하철 환승 시 할인 혜택이 있고, 하루에 버스를 세 번 이상 타면 세 번째부터는 무료이다.

7. 대만 대중교통 내에서는 취식이 금지다. 물이라도 한 모금 마시면 벌금으로 대만 돈 3,000원(한화 약 12만 원)을 내야 한다.

가오슝에서 버스를 타면 승객은 나 혼자일 때도 있다. 아니면 무료 승차가 되는 어르신이나 교복 입은 학생들 사이에 있을 때도 있다. 대만사람들은 오토바이를 타거나 직접 차를 몬다. 버스를 타는 일은 거의 없다. 그러다 보니 버스 승객은 어르신들이나 학생들이(오토바이, 차량 운전은 만 18세 이상부터 가능하다) 주를 이룰 수밖에 없는 것이다. 먼 곳을 오갈 때면 오토바이를 타고 지하철역까지 간 뒤 그곳에 주차를 하고 지하철을 이용한다.

집에서 지하철역까지 버스로 10분쯤 가야 했고, 운전도 하지 않아서 주로 버스를 이용했다. 그 덕분에 나는 보통 가오습 사람들보다 버스에 대해 잘 안다고 자부할 수 있었다.

하루는 한 대만 친구가 내게 물었다.

"영미, 교통카드 어디에서 샀어?"

처음에는 귀를 의심했다. 그런데 그녀는 정말 교통카드를 어디서 사는 줄 몰랐다. 나는 그녀에게 교통카드 구입부터 충전, 사용 방법까지를 차근차근 알려주었다. 교통카드는 편의점에서 구입할 수 있다. 한 장에 대만 돈 100원이며, 이는 카드 값이다. 즉, 처음 교통카드를 산다면 카드 값과 충전요금을 모두 내야 버스를 탈 수 있다. 충전도 편의점에서 할 수 있다. 물론 한국처럼 지하철역에서 역무원에게 부탁해도 되고, 기계를 통해서 충전할 수도 있다. 교통카드로 편의점은 물론 지정된 마트나 분식집에서 계산할 수도 있다. 이러한 설명을 모두 해주니 그녀는 무척 놀라며 감탄했다.

"전더마(真的嗎, 진짜)?"

신세계를 발견한 듯한 그녀의 눈빛을 보니 왠지 모를 뿌듯함이 몰려왔다.

다음은 가오슝에서 20년 넘게 거주한 동료의 이야기다. 한 번은 그녀와 시내에서 약속을 했다. 그녀는 약속 장소를 정해놓고는, 나를 무척이나 걱정했다. 그리고는 자기 집 가까운 쪽으로 정해 미안해하며 내게 이렇게 물었다.

"혼자 올 수 있겠어?"

나는 그녀에게, 걱정 말라고, 문제없다고, 학교 앞에서 한

번에 쭉 가는 버스가 있다고 했다. 그녀는 너무 놀라며 내게 재차 물었다.

"정말 한 번에 쭉 오는 버스가 있어?"

나는 그녀에게 버스 정류장에 붙어 있는 노선도와 학교에서 보이는 정류장의 모습을 사진으로 찍어 보내주며 가는 방법까지 알려주었다.

"여기서 버스를 타고 이 역에서 내리면 바로 너희 집이란다."

다음 날, 그녀는 그 버스를 타고 출근했다고 내게 자랑하듯 말했다. 이십 년 넘게 자가용으로 출퇴근하던 동료가 대중교통을 이용했다는 사실만으로 동지애를 느꼈다.

대만인이 오토바이나 자가용 대신 대중교통을 더 많이 이용하면 좋겠다. 공기 오염 문제 때문에도 그렇다. 가오슝은 공기가 몹시 좋지 않다. 공장이 있어서 그렇다지만, 오토바이나 차량의 매연도 무시할 수 없다. 도로를 따라 걷게 되는 날에는 꼭 마스크를 써야 했다. 대기오염 문제가 심각해지자 가오슝 시민들은 시장에게 불만을 강하게 토로했고, 그렇게 항의하는 모습이 고스란히 텔레비전 뉴스에 보도되기도 했다. 공기 오염에 관한 고민이 이만저만 아니었던 가오슝 시 정부는 2017년 12월부터 2018년 2월까지 모든 시내버스를 무료로 운행하기도 했다. 지하철도 출퇴근 시간에 한해 무료로 운행했다. 나 같은 사람은 큰 혜택을 봤지만, 여전히 많은 사람이 대중교통 대신 오토바이에 몸을 실었다. 습관을 바꾸는 일은 쉽지 않다. 기름값이 비싸지 않은 이유도 한몫했으리라 본다.

자전거도 오토바이도 차도 없는 내게는 두 장의 교통카드가 있다. 그 카드를 돌려가며 썼다. 한국에서 대만에 오는 지인들에게 빌려주기도 하고, 함께 다니는 사람이 교통카드가 없을 때 빌려주기도 했다. 두 장의 교통카드는 내게 그러한 존재였다.

나, 그새 많이 배웠고, 덕분에 잘 살아가고 있다는 것을 알려주는.

대만살이 팁

- 대만에는 어디에서나 어렵지 않게 유바이크(U-bike)를 탈 수 있다. 한국의 따릉이와 같은데 대만은 훨씬 이전부터 이 제도가 활성화되어 시민들이 편리하게 이용해왔다.
- 전철은 '지에윈(捷運)'이라고 하는데 가오슝에는 두 개의 노선이 있다.

대만에서 집 구하기

외국인의 집 구하기

대만에서의 첫 3년은 학교 직원 기숙사에서 살았다. 캠퍼스가 넓지 않은 학교라 교내 직원 기숙사도 많지 않았다. 원룸과 패밀리룸, 두 가지뿐이었는데 우리는 후자를 선택했다. 방 세 개, 화장실이 두 개고, 에어컨 네 대(각 방에 하나씩, 주방에 하나가 있었다)를 갖춘 집이었다. 처음에는 방 개수보다 에어컨 수가 더 많은 게 무척 신기했는데, 대만에 살아보니 아무리 작은 공간이라도 에어컨이 없으면 지내기 어렵다는 사실을 깨달았다. 숙소에는 모든 가구와 가전제품, 식기류와 침구류가 갖춰져 있었다. 물론 사용료는 내야 했다. 보증금이나 관리비 없이 대만 돈으로 월세 18,000원(한화 약 72만 원)이었다. 월세는 월급에서 자동으로 빠져나갔다.

학교 안에 사는 건, 여러모로 편리했다.

문제가 있으면 학교 직원들에게 즉시 알리면 됐고, 청소 담당자가 현관 앞을 비롯해 곳곳을 정리하고, 쓰레기도 처리해주었다. 또, 교실까지의 거리가 5분 이내였다. 학교가 작은 이유도 있지만, 집에서 학교까지도 아닌, 집에서 교실까지의 거리가 짧아 편했다. 대만 상황 및 중국어를 잘 모르는 상태였으니 기숙사 거주는 여러모로 심신의 안정을 주었다.

반면에 몇 가지 불편한 점도 있었다.

우선, 시끄러웠다. 학생들은 저녁때나 주말에—하필이면 우리 기숙사 앞 광장에서—노래하고 악기를 두드리고, 심지어 탭댄스까지 췄다. 그리고, 일과 사생활의 분리가 안 되었다. 이미 퇴근했으나, 여전히 학교에 있었으므로 완전한 퇴근이 아니었다. 일터가 집이고 집이 일터인 곳에서의 생활은 편하면서도 편하지 않았고, 그리하여 집을 찾아보기 시작했다.[*]

주변인들에게 물어 몇 군데를 알아보다가 위치나 가격 면에서 가장 합당한 곳을 찾았다. 학교에서 걸어서 10분 거리에 있는 25평짜리 새 아파트였다. 그 집을 처음 보고 가장 마음에 들었던 점은 15층 맨 꼭대기에 있고(층간 소음을 걱정하지 않아도 됐고), 지은 지 5년이 채 안 된 새집이라는 사실이었다.

집주인은 이십 대 중반으로, 내 첫 조교와 같은 과 친구인 타이베이 사람이었다. 남부에 내려와 대학에 다니게 되자 그의 부모님이 새 아파트를 분양 받아 주신 것이었다. 계약 전

---

[*]   집 찾기 사이트 https://www.591.com.tw/

몇 차례 집을 보러 갔는데, 이십 대 남자 혼자 사는 집 같지 않게 구석구석 정리가 잘 되어 있었고, 살림살이도 구비가 잘 되어 있었다. 튀김용 프라이팬은 중화요리에 자주 쓰이니 그렇다 쳐도, 사이즈별로 정리된 고급스러운 식기류는 내가 한국에서도 가져본 적이 없는 '작품들'로 보였다.

"다 두고 갈 테니 쓰세요."

대만에서 월세를 살면 집주인이 가구, 가전제품 등을 모두 제공해준다. 덕분에 작품 같은 식기류와 대형 믹서기, 등받이 조절이 잘 되는 소파를 마음껏 쓸 수 있었다.

방 두 개짜리 우리 집은 월세가 15,000원(한화 약 600,000원), 관리비가 1,800원(한화 약 72,000원)이었다. 월세는 집주인 계좌로 보내주고, 관리비는 관리원에게 직접 냈다. 전기, 수도, 가스 요금은 두 달에 한 번 고지서가 오는데, 이미 집주인의 계좌에서 빠지고 있었다. 다시 내 계좌로 옮기면 불편하니 보증금에서 매번 제하는 것이 어떻겠냐는 집주인의 제안에, 나는 동의했다. 보증금은 통상 월세의 두 배이다. 그래서, 나는 계약할 때 30,000원을 보증금으로 지불했다. 그렇게 난 다시 아파트에 살게 되었다.

아파트는 중국어로 공위(公寓)이다.

젊은이들의 집 구하기

집이 마음에 든 이유 중 하나는 1층에 세븐일레븐이 있다는 점이었다. 그 건물에 들어온 외부 시설은 그것뿐이었는데, 아파트 건물 내부에 24시간 편의점이 있다는 사실은 나를 여러모로 안심시켰다. 혹시 내가 늦으면 아이가 혼자 편의점에 가서 도시락을 사 먹을 수도 있고(대만 편의점 도시락은 선택의 폭이 넓고 맛도 훌륭하다), 라떼가 당길 때는 바로 사 마실 수도 있었다(대만 세븐일레븐의 커피 맛은 단연 일품이다). 그리고 세븐일레븐(대만에서는 '세븐'이라 부른다)은 할인행사를 자주 하고, 모아둔 포인트로 다른 제품을 구입할 수도 있다.

"이 제품들 모두 할인행사 하는 거 맞죠? 확인해주세요."

그곳에서는 할인제품을 모두 확인하고 구입한다. 그렇지 않으면 편의점 물건은 마트에 비해 많이 비싸기 때문이다. 그런데 종종 직원의 착오나 나의 이해 부족으로 행사제품이 할인된 가격으로 계산되지 않을 때가 있다. 그렇게 되면 계산을 취소하고 다시 해야 하니 계산 전, 미리 확인하는 것이 중요하다.

어느 날 세븐에서 음료와 말린 매실을 장바구니에 담고는 상품 할인을 확인 받은 뒤, 영수증 출력을 요청하고, 신용카드를 건네며 부주하게 움직이자 직원이 내게 물었다.

"어느 나라 사람이에요?"

나는 한국사람이라는 대답에 덧붙여 이 건물 15층에 살고 있다는, 묻지도 않은 질문에 답했다. 대만사람 중에는 타인, 특히 외국인의 사생활에 은근히 관심이 많은 이들이 있으므로, 대만인과 친해지기 위한 방법으로 택한 것이었다. 그랬더니 그녀는 내게 또 질문했다.

"여기에 산다고? 방 몇 개짜리야?"

종종 사생활의 일부를 이야기해주면, 깊이 있는 질문으로 훅, 들어오는 이들도 적지 않다. 그 질문에 적절히 대답해준다면 그들과 더 가까워질 수가 있다. 나는 방 두 개짜리, 25평이라고 답했다.

"월세가 얼마야?"

이십 대 초반의 여성에게 새 아파트의 월세 금액을 알려주며 "이 아파트는 제값을 하지. 이곳은 참 살기 편하고 안전한 곳이란다"라는 말을 해주려니 뭔가 적절하지 않다는 생각이 들었다. 이럴 때에는 솔직하게 답하되, 다시 질문하기 전략을 써야 한다.

"만 오천 원. 근데 이게 적절한 가격인지는 잘 모르겠네. 네가 보기에는 어떠니?"

그녀는 아이스라떼에 넣을 얼음 주머니를 뜯으며 잠시 생각에 잠겼다. "뭐, 비싸긴 한데, 여기라면 괜찮은 것도 같고…"라며 얼버무렸는데 그녀의 혼잣말 같은 대답이 잘 들리지 않았다. 하지만 나는 그녀에게 "너는 지금 뭐라고 했니?

나, 못 알아들었는데"라고 되묻지 않았다. 들리지 않았지만, 들을 수 있었다. 그녀의 마음의 소리를….

대만이나 한국 모두 청년들의 최대 고민은 '집찾기'이다.

다른 지방에서 온 학생들은 대부분 학교 근처에서 월 5,000원(한화 약 200,000원)가량 하는 원룸에 살거나 1인당 월 2,900원(한화 약 116,000원)가량을 내고 몇 명이 아파트 한 공간에서 함께 산다. 더 저렴한 가격을 지불하고 여러 명과 함께 사는 아이들도 있다. 내가 가르치는 학생들 중, 부모님이 사주신 방 2개, 25평짜리 새 아파트에 거주하는 이들은, 적어도 내가 알기에는 흔하지 않다. 부모님과 함께 살거나 학교 근처에서 저렴한 곳을 애써 골라 산다. 월세와 생활비를 위해 학생들은 근처 마트나 편의점, 상점에서 일한다. 나는 퇴근 후, 동네 마트에 가도, 주말에 스타벅스나 식당에 가도 학생들을 어김없이 만난다. 그들은 모두 그곳에서 시간당 160원(한화 약 6,400원, 2021년 기준으로 160원으로 인상되었다. 내가 대만에 거주할 당시에는 시급이 120원이었다)을 받으며 열심히 일한다.

그녀에게서 영수증과 커피를 받아 들고 엘리베이터로 갔다. 버튼을 눌렀는데도 엘리베이터가 움직이지 않았다. 아차, 센서키를 갖다 대는 걸 잊었다. 센서키로 작동되는 엘리베이터는 나를 안전하게 15층까지 올려다 주었다. 대문을 여니 강한 햇빛이 창문을 뚫고 들어왔다. 휴대폰으로 오늘의 날씨를 체크했다. 2018년 11월 대만 남부의 낮 기온은 29도였다.

2021년 1월 7일 현재 서울의 체감온도는 영하 21도이다. 대만도 많이 추워졌겠지. 세븐에서 만났던 그녀, 따뜻하고 안락한 공간에서 잘 지내고 있기를 바란다.

대만살이 팁

대만에서 더위를 이기는 법은 단연 '매실과 함께하기'이다. 매실은 더위에 좋은 음식으로, 대만사람들은 레몬 음료에 매실을 넣어 먹기도 하고, 말린 매실도 즐겨 먹는다.

나는 다음 생엔 개로 태어나리라

개 반, 사람 반.

가오슝 공원의 풍경이다. 집 앞에 작은 공원이 있었다. 일일 만보 달성을 위해 그 공원을 걷던 매일 밤, 목줄을 하지 않은 개들과 그들을 따르는 주인들의 눈치를 살펴야 했다. 대만에서 만난 개들로 말하자면, "우리 개는 안 물어요"라고 말할 수 있을 정도로 순했으나, 그들도 개는 개인지라 짖고 어딘가로 향해 달려드는 힘찬 모습을 보고 있노라면, 개의 습성을 잘 알지 못하는 내가 마음의 평정을 유지한 채 만보 달성에 몰입하기란 여간 어렵지 않았다.

하루는 배낭을 멘 여성이 내 앞을 가로질러 가고 있었는데 그녀는 어떤 이유에서인지 내 앞에 잠시 멈춰 가방 지퍼를 열었다. 그때 허연 생물체가 배낭 속에서 용수철처럼 툭, 튀어나왔다. 그 작고 잽싼 강아지와 함께 내 심장도 튀어나와 버리는 줄만 알았다.

대만인들의 동물 사랑은 참으로 지극하다. 조금 과장해서 말하자면 그들은 모두 만나는 개들을 죄다 안아주기라도 할 기세였다.

내가 일했던 대학에서도 개를 두 마리 키웠다. 누런 개 하나, 검은 개 하나였는데 그들이 하는 일이라고는 정문이나 후문 경비실 앞에서 다리를 두 개씩 포개고 누워 게슴츠레 뜬 눈을 껌벅거리는 정도였다. 나는 그들을 볼 때마다 "개 팔자가 상팔자"라는 옛말이 떠올랐다. 그렇게 누워만 있어도 그들은 학생들과 직원들의 사랑을 듬뿍 받았다. 학교 사람들은 누워있는 리리와 딩딩이라는 이름의 교견(?) 앞에 쪼그려 앉아 그들과 담소를 나누기도 했다. 멍멍, 소리조차 내지 않는 리리와 딩딩은 누구의 말도 참 잘 들어줬다.

출처: 時勢股份有限公司
(商業趨勢專家/Expert in Identifying Trends & Deriving Insights)

그림에서 맨 윗선이 일인가구 수, 가운데가 65세 이상 인구 수, 아랫선이 반려견과 반려묘의 수를 각각 나타낸다. 2011년 이후부터 일인 가구가 증가하고, 인구의 고령화가 뚜렷해지며 반려동물을 키우게 되었다고 한다. 온천과 산의 절경으로 유명한 타이동(台東)에서는 인구 9.04명당 반려견을 한 마리씩 키우고 있다는 조사도 있다.*

한국을 방문한 대만 친구들이 내게, "한국에는 개가 별로 안 보이네, 한국사람들은 개를 안 키우나 봐"라는 말로 나를 놀라게 했던 일이 생각났다. "개 반 사람 반"인 가오슝 공원 풍경에 익숙한 그들에게는 서울 시내에 개가 별로 보이지 않는다고 생각할 수도 있었을 것이다.

대만인들의 애완동물 사랑은 한국어 수업시간에도 발견되었다. 〈고급한국어〉 수업시간이었다. 황인숙의 시 「나는 고양이로 태어나리라」**로 패러디 시 쓰기를 했는데, 시를 제출한 총 15명의 학생 중 5명이 「나는 개로 태어나리라」라는 시를, 2명이 「나는 고양이로 태어나리라」라는 시를 썼다. 사랑받는 강아지의 생生이 무엇인지 그들은 잘 알고 있었다.

---

*   https://www.storm.mg/article/186276

**   황인숙, 『새는 하늘을 자유롭게 풀어 놓고』, 문학과지성사, 1988.

1.

이다음에 나는 강아지로 태어나리라

초롱초롱한 눈망울을 가진 갈색 푸들로 태어날 것이다.

산책을 하러 나가면 껑충껑충 뛴다.

가끔은 정원에서 나비를 쫓는다.

배가 고프면 주인 곁으로 꼬리를 흔들며 멍멍거린다.

놀다 지쳤으면 소파에서 잔다.

아침에 살금살금 주인의 침대 옆으로 다가간다.

그녀의 얼굴을 핥아 깨운다.

이렇게 또 새로운 하루가 시작된다.

2.

이다음에 나는 강아지로 태어나리라.

멋있고 다정한 주인과 만나리라.

매일 멍멍 짖어 주인의 관심을 받으리라.

또한 개인기를 뽐내며 주인에게 칭찬 받으리라.

검고 초롱초롱한 눈빛과 살랑살랑 흔드는 꼬리.

바로 강아지로서 최고의 무기니까.

똑똑하고 사랑스러운 강아지가 되리라.

주인뿐만 아니라 모든 사람들이 날 사랑하도록 만들 거니까.

학생들의 시에서 내가 대만에서 만났던 개들의 모습이 겹쳐졌다.

학교 후문에서 나를 곁눈질해 보던 리리와 딩딩이 문득 그리워진다.

대만살이 팁

가오슝에는 온순한 개들이 산다. 주인 없이 혼자 돌아다니는 개들도 많다. 사납거나 무섭지는 않으나 오랜 시간 관리를 받지 못했을 수 있다. 따라서 이들을 함부로 만지면 안 된다고 현지인으로부터 주의를 들었다.

대만에는 코끼리가 있다, 없다?

나는 대만에서 코끼리를 보았다.

베트남에서 온 코끼리였다.

나는 두 달 동안 하루도 빠짐없이 베트남 음식을 먹은 적이 있다. 그 식당의 이름은 다샹(大象), 바로 코끼리였다. 학교 앞 베트남 식당의 요리는 일품이었다. 한 그릇에 80원(한화 약 3,200원)인 쌀국수는 진한 국물 맛이 최고였다.

2015년 7월, 가오슝에 도착한 이후로 학기가 시작되기까지 두 달이나 남아 있을 때였다. 학교 후문 건너편에 위치한 허름한 베트남 식당을 알게 된 후, 그곳에서 점심과 저녁을 모두 아이와 함께 먹곤 했다. 한국어를 할 줄 아는 한 대만 학생이 그 식당을 소개해주고는, 주문 용지에 쓰인 이십 개가량의 음식 중 두 개를 골라, 그 옆에 '어무라이수(오므라이스)', '탕쌀구수(쌀국수)'라고 써주었기에 그것만 시켜 먹었다. 다른 식당에서 감히 주문할 용기가 없던 때였다. 메뉴에서 김치덮밥 찾아 주문한 적도 있긴 했지만, 솔직히 맛은 없었다.

환인광린(歡迎光臨, 어서 오세요)!

여닫이문을 열고 들어갈 때면 주인은 언제나 우리를 반갑게 맞았다. 분주하게 움직이며 에어컨을 켜고 주문용지나 접시 등을 갖다 주며 말을 걸었는데, 우리는 대답을 제대로 할 수 없어 매번 웃음으로 넘겼다. 37도를 웃도는 낯선 땅의 여름날, 딱히 갈 데가 없었던 우리는 그렇게 환한 얼굴로 맞이해 주는 이가 있어서 마음이 참 편했다. 어쩌면 그녀가 우리를 반겼기 때문에 그 식당을 더 자주 찾았는지도 모를 일이었다. 음식을 내오면서도 그녀는 항상 내게 무언가를 물었다. 음식과 관계가 없는 말이라 추측은 했으나 도무지 대답할 수가 없었다. 하루에 하나씩만 외워졌던 "오늘의 생존 중국어"를 겨우 써먹을 시기였으니, 우리의 의사소통은 눈웃음으로 서로의 마음을 전하고, 음식을 주문하고, 계산하는 선에서 멈춰 있었다.

어느 날이었다.

그녀가 내게 거는 말을 이해하고 싶어져 대만 친구를 데리고 그 식당에 갔다. 그녀는 내 친구도 반갑게 맞아주고는 빠른 속도로 말을 했다. 나를 보면서 말했으니 나에 대한 이야기였을 것이다. 그녀의 말이 끝나자 나는 대만 친구에게 물었다. 그녀가 뭐라고 했느냐고.

"저 사람이 하는 말, 거의 못 알아듣겠어."

식당 주인은 대만사람이 아니었다! 그녀는 대만에 온 베트남 출신 결혼이주여성이었다. 나는 대만인과 베트남인이 쓰는 중국어의 억양이나 발음 차이도 구분하지 못했던 것이었다!

학교 앞에 위치한 분식집 같은 친근한 코끼리 식당. 개강을 한 뒤로, 12시 점심시간이나, 5시 하교 시간이 되면 학생들은 삼삼오오 그곳으로 모였다. 나도 가끔 아이와 함께 혹은 학생들이나 동료와 함께 코끼리 식당으로 갔다. 그곳에서 우리 반 학생들을 우연히 만나기도 했다. 그들은 밥을 먹으며 한 사내아이와 놀아주곤 했는데, 베트남 주인의 아들이었다. 아이는 대여섯 살 정도 되어 보였고, 또래 사내아이들이 그러하듯이 시끄럽고 장난기가 많았다. 식당 손님들은 아이가 소리를 질러도 불평을 하기는커녕 번갈아 가면서 아이와 놀아주었다.

몇 개월이 지나 나의 중국어도 슬슬 쓸 만해지고 그녀와도 좀 더 가까워지자, 그녀는 내게 몇 살이냐고 물었다. 나는 몇 살이라고 답했고, 그녀는 아직 젊네 혹은 생각보다 젊네, 로 추정되는 말을 했다. 나는 그녀에게 몇 살이냐고 묻는 대신 나도 나이를 먹을 만큼 먹었다고 했고, 우리 아들이 네 아이보다 더 크지 않느냐고 하기도 했다. 그녀는 내게 아이의 유치원을 바꿔야 할지 고민 중이라는 얘기도 했다. 아이를 더 잘 가르치고 싶어 하는 엄마의 마음은 누구에게나 다르지 않았다. 그러고는 냉장고에서 김치통을 꺼내 와서 보여주고는, 이번에 산 김치가 맛이 없는 것 같다고 하며 이렇게 물었다.

"김치를 어디서 사면 좋을까?"

그녀는 김치를 근처에서 사 오는데 값만 비싸고 맛이 없다고, 돈이 들더라도 맛있는 김치를 사고 싶다고 했다. 그녀는 대만 김치는 식초가 많이 들어가며 단맛이 나고 별로 맵지 않은 생김치가 인기인데, 한국 김치랑은 어떻게 다르냐고 물었다. 나는 김치 종류가 다양하다는 내용을 연결이 되지 않는 짧은 말들로 설명했고, 그녀는 내 말에 "그래?"라고 맞장구를 쳐주었다.

시간이 흐르자 다른 대만인보다 그녀와의 중국어 대화가 더 편해졌다. 우리의 대화에는 외국인들끼리 외국어로 대화할 때 감지하는 심리적 안정과 원어민 화자는 절대 공감할 수 없는 효율적인 소통 방식이 녹아 있었다. 나는 그녀의 중국어를 이해하기가 쉬웠으며, 대만인들이 몇 번이고 되묻는 나의 말 또한 그녀는 단번에 알아들었다. 우리의 우정은 그렇게 쌓여갔다.

어느새, 우리는 살아가는 이야기를 짧게나마 전할 수 있는 친구 같은 사이가 되었으며, 외국인으로서 삶을 살아간다는, 일종의 연대의식도 가졌다. 우리는 모두 외국에서 외국어로 말하며 돈을 버는 노동자이자, 외국에서 아이를 키우는 부모이기도 했다. 때로는 답답한 심정을 토로할 길이 없어 누구라도 붙잡고 되도 않는 말을 쏟아내고 싶어 하는 이방인이기도 했다. 어쩌면 그녀는 대만에 갓 도착해 자신의 식당에 들어온 나에게서 자기의 모습을 보았을지도 모른다. 낯선 땅에서 겁먹은, 그러나 그 모습을 애써 감추며 아무렇지도 않은 척 '어무라이수'와 '탕쌀구수'가 적힌 주문 용지를 들고 끼니를 해결하는 낯선 여자의 표정에서 오래전 이국땅으로 시집와 살림을 꾸리던 자신이 떠올랐을지도 모를 일이었다.

"코끼리 식당 이번 주가 마지막이래요."

대만 생활이 일 년 반쯤 지났을 때였다. 한 학생으로부터 이 소식을 듣고 그날 저녁, 코끼리 식당으로 갔다. 여느 날과 마찬가지로 그녀는 나를 반겼고 나는 놀란 눈으로 그녀에게 물었다.

"정말이야? 이제 식당 안 해?"

그녀는 고개를 끄덕였다. 이제 식당 일을 접는다고 했다. 건물주와의 문제라고 했다. 자세한 내막은 알 수 없었다. 사실, 그녀가 하는 말을 충분히 이해할 수 없기 때문이었다. 그날 코끼리 식당은 학생과 교직원으로 발 디딜 틈 없이 가득 찼다. 그녀와 사진을 찍는 학생들도 있었다. 나도 식당 앞에서 그녀와 함께 사진을 찍었다. 사진의 배경에는 歡迎光臨이라는 문구가 크게 보였다. 코끼리 식당 문에 쓰인 붉은색 글자였다.

베트남 쌀국수는 세계적으로 알려진 베트남의 대표 음식이자, 베트남 새댁들이 타국에서 생계를 위해 혹은 고향을 그리며 끓이는 국수가 되기도 한다. 한국 통계청 자료에 따르면, 2019년 기준 외국인 및 귀화자 아내의 출신 국적은 베트남(30.4%), 중국(20.3%), 태국(8.3%) 순이고, 외국인 및 귀화자 모(母)의 국적은 베트남(38.2%), 중국(19.9%), 필리핀(6.1%) 순이다.

대만도 신주민(新住民)이라고 불리는 결혼이주여성의 수가 증가했다. 다문화가정 자녀인 신주민자녀 교육 정책에 대한 연구도 꾸준히 진행되고 있다. 대만에서는 베트남인들을 어렵지 않게 볼 수 있다. 베트남 출신 어머니들이 많기 때문이다. 2016년 대만인으로 귀화한 이들 중 동남아 국적의 배우자 중 베트남 여성이 다수를 차지한다는 통계가 있다.[*]

1991년 베트남이 자본 시장을 외국인에게 개방하자마자 아시아, 특히 대만의 중소 자본이 대규모로 베트남에 몰려왔다(Wang & Chang, 2002). 대만 자본의 진출은 동시에 베트남 여성을 현지처로 맞이하려는 대만인들의 수를 증가시켰고, 그 결과 많은 베트남 여성들이 조직적으로 대만으로 결혼 이주를 감행했다. 2000년에는

---

[*] https://www.epochtimes.com/b5/17/4/22/n9063676.htm

그 수가 14만 명에 이르게 될 만큼 대규모라고 한다.[*]

당시 나는 베트남에 한 번도 가본 적이 없어서 현지의 쌀국수가 어떤 맛인지 몰랐다. 하지만 한국과 대만에서 가정을 꾸리고 성실히 자기 몫의 일을 하는 베트남 사람들이 끓인 쌀국수 맛은 알았다. 그런 의미에서 코끼리 식당의 쌀국수가 내게는 최고였다.

문득, 넉넉하고 따뜻한 마음씨로 이국땅에서 자기의 길을 내어간 코끼리 식당 사장님이 생각난다. 나의 첫 이웃사촌이었던 그녀가 그립다. 한국에서 만난 베트남 학생들과 대만의 교실에 앉아 있던 대만-베트남 다문화가정 출신 학생들의 모습도 생각난다. 그들도 모두 제 어머니가 끓여준 쌀국수를 먹고 자랐을 것이다. 베트남 여성들이 타지에서 끓이는 쌀국수에 그들이 고향을 그리워하며 속 끓이는 답답함이 담기지 않았으면 한다. 코끼리 식당의 그녀처럼 당당히 생계를 꾸리고, 아이를 교육시키는 그들만의 능력이 담겨 있기를.

그녀가 어디에 살든, 최고의 쌀국수를 팔아 코끼리 몸집만큼이나 큰돈을 벌었으면 좋겠다. 세계 3대 쌀국수집을, 베트남이 아닌 대만이나 한국에서 만나게 될 날도 머지않을 것이고, 그 일을 그녀가 해낼 수도 있겠다고 상상해본다. 착

---

[*] 황정미 외, 『국경을 넘는 아시아 여성들: 다문화 사회를 만들다』, 이화여자대학교 출판부, 2009.

하고 성실한 그녀는 충분히 그렇게 될 자격이 있다고, 나는 믿는다.

대만살이 팁

가오슝에서 맛있는 음식을 꼽으라고 하면 대만 음식뿐만 아니라 베트남, 태국 음식도 빼놓을 수 없다. 한국에서는 베트남, 태국 음식은 저렴한 편이 아닌데, 대만에 가면 베트남, 태국 현지에서 온 이들이 직접 운영하는 곳에서 '찐' 현지 음식을 저렴하게 먹을 수 있다. 대만에 갈 기회가 있다면 중화요리와 함께 베트남, 태국, 혹은 말레이시아 음식도 접해보라고 권하고 싶다.

교통사고는 110

집을 나와 공원 산책로로 향했을 때, 비가 내리기 시작했다. 만보기를 보고 이천 보가 넘자 좀 더 빠른 보폭으로 움직였다. 하늘은 이것을 어떤 신호로 받아들였는지 난데없이 천둥번개가 내리쳤다. 일일 만 보 실천 중 우산을 쓰고 번개를 맞아 죽는 일은 일어나지 않을 거라 스스로를 안심시키며 더 빨리 움직였다. 그러다 세 번째 천둥번개가 치자 발걸음을 돌렸다.

학교에서 집까지 가는 지름길로 진입하려다가 말았다. 그곳에 가로등이 없다는 사실이 생각나서였다. 왔던 길을 따라 빠른 걸음으로 걸었다. 비는 더 세차게 내렸다. 언제 또 폭우가 내릴지 모르는 상황에 밖으로 나선 스스로를 질책했으나 소용없는 일이었다. 빗줄기는 더 굵고 강해지더니 야생 짐승의 울음 같은 소리를 뱉어냈다. 빗줄기보다 빗소리가 무서워 더 빨리 걷고 싶었으나 걸음을 멈추어야 했다. 하필이면 집 앞 삼거리에서 신호가 걸렸다. 30, 29, 28… 신호등의 숫자는 더디게 바뀌었다.

3, 2, 1

파란불로 바뀌자 습관처럼 왼쪽을 살폈다. 대만은 대부분 비보호 좌회전이 되고 오토바이도 많아서 신호만 믿고 건너서는 안 됐다. 시야를 확보하려고 우산을 위로 치켜들고는 천천히 횡단보도를 건너던 중이었다.

그때였다. 강한 불빛이 번쩍거리며 나를 향해 빠른 속도로 돌진했다. 나는 순간적으로 달려오는 차량을 두 손으로 막아내려 했다. 차는 내 두 손과 왼쪽 다리를 치고서야 멈추었다. 보닛에 양손을 올린 채 운전석을 노려보았다. 운전자는 서둘러 밖으로 나오지 않았다. 나는 차에서 손을 떼지 않았고, 운전자에게서 눈을 떼지도 않았다.

"워 메이 칸따오 니(我沒看到你, 널 못 봤다고)."

이것은 운전자가 차에서 내려 내게 건넨 첫마디였다. 백발의 운전자는 내 팔과 어깨를 더듬으며 나를 보지 못했다고 연신 말하고 있었다. 나는 그에게 "나는 신호를 보고 신호에 맞춰 횡단보도를 걷고 있었고, 당신이 너무 빨리 들어와 피할 재간이 없었다"고 했다. 그는 계속 내 손과 어깨를 주물렀는데, 나는 그의 손길보다 그의 말이 더 거슬렸다. 그가 내게 두이부치(對不起, 죄송합니다) 대신 부하오이스(不好意思, 실례합니다)라 연신 말하고 있었기 때문이었다.

나는 차량에 받친 왼쪽 다리를 움직여보았다. 큰 문제는 없어 보였다. 혹시나 해서 운전자의 전화번호를 받았다. 그에게 통화 버튼을 누르게 했다. 그는 전화기를 차에 두고 내렸다고 했다. 나는 찜찜해서 휴대폰으로 차량 번호판을 찍어 두었다. 그리고는 사건 현장을 떠났다. 그것이 큰 문제가 될 줄은 그때까지 알지 못했다.

나는 다시 우산을 고쳐 들고 집을 향해 걸어갔다. 비는 계속 세차게 내렸고, 방수가 잘 되지 않는 운동화라 빗물이 스며들었는데, 이상하게도 걸으면 걸을수록 한쪽 발은 무거워졌고, 다른 쪽 발은 가벼워졌다. 나는 차량에 받혔던 다리를 들어 올려보았다. 운동화의 밑창이 떨어져 나가 있었다. 있는 힘껏 차량을 밀다가 벌어진 일이었나, 그렇게까지 힘을 줬던가 고개를 갸웃했다. 더 이상 생각하기가 어려웠다. 다리에 통증이 오기 시작해서였다.

집으로 돌아와 다리를 살펴보았다. 다친 곳은 없어 보였고, 피도 나지 않았다. 하지만 통증은 여전히 있었다. 이 상황을 누구에게 어떻게 설명을 해야 할까 고민 끝에 A에게 전화를 걸었다.

"경찰을 먼저 '불러고', 병원에 가요."

나는 그의 말을 듣고 잠시 헷갈렸다. 현장에서 경찰을 불렀어야 했다는 말인지, 지금 경찰에 신고를 하라는 말인지 정확하지 않아서였다. 하지만 그의 한국어를 지적하기에 나는 몹시 피곤하고 아팠다. 무엇보다 A는 고속버스를 타고 고향에 가는 길이라 나를 도와줄 수 없었다. 나는 루루에게 전화했다. 그녀는 화교 출신이라 한국어와 중국어 모두 유창하다. 그녀에게 상황을 설명했더니 당장 병원에 가서 엑스레이를 찍는 게 좋겠다고 했다.

십 분 뒤, 루루는 그녀의 남편과 함께 나를 데리러 왔다. 일요일 밤 9시에 문을 연 동네병원이 없어서 가장 가까운 종합병원의 응급실로 갔다. 의료보험 카드와 신분증을 보이고 접수를 끝내자 간호사가 와서 혈압을 쟀다. 정상이었다. 그러고는 간호사가 안내해준 3번 침대로 갔다. 침대에 누우라고 했는데 나는 눕고 싶지 않았다. 다리를 침대에 쭉 뻗고 앉아 있었다. 잠시 후, 단발머리에 머리띠를 한 젊은 의사가 다가왔다. 다친 다리가 어느 쪽인지 물었다. 나는 손으로 왼쪽 다리를 가리켰다. 그는 힘주어 내 다리 곳곳을 눌렀는데 그것은 마치 아픈지를 살피는 것이 아니라 아프라고 찌르는 듯했다. 의사가 손을 대고 가니 다리가 더 아파지기 시작했다. 단발머리 의사가 가자 간호사가 휠체어를 밀고 왔다. 내 기억으로는 휠체어는 이번이 두 번째였다. 아이를 낳고 분만실에서 입원실로 가는 짧은 복도에서 한 번, 그리고 이국땅의 응급실에서 한 번.

"너는 정말 뼈가 단단하구나. 차에 부딪혀도 멀쩡해."

루루는 검사결과를 알려주며 나를 안심시켰다. 나는 쑥스러운 듯 어깨를 으쓱해 보이며 침대에서 일어섰다 침대는 물로 젖어 있었다. 나는 손바닥을 들어 입고 있는 옷을 만져보

왔다. 사고 현장에서 내내 우산을 쓰지 않고 비를 흠뻑 맞고 있었다는 사실이 떠올랐다. 나는 여전히 머리부터 발끝까지 젖어 있는 상태였다. 나는 그제서야 한기를 느꼈고, 루루와 함께 응급실을 떠났다.

총 850원(한화 약 34,000원)을 수납하고 나자 루루의 남편이 내게 물었다.

"아까 운전자 연락처 받아 놨지?"

나는 고개를 끄덕였다. 그는 그 운전자와 통화를 해야겠다고 했다. 나는 통화 버튼을 눌러 그에게 전화기를 건넸다.

"저는 아까 당신이 사고를 낸 여성의 친구… 어? 뭐라고? 당신 지금 그걸 말이라고?"

나는 사건이 심각하게 돌아가고 있음을 감지했다.

교통사고는 부상 이외에도 처리해야 할 문제가 많다는 사실을, 운전 경력 일 년 미만의 만년 초보 운전자이자 현지 교통법에 문외한인 나는 알지 못했다. 대만에서 교통사고가 발생하면 그 사고가 크든 작든 무조건 현장에서 110에 전화해 경찰을 불러야 한다. 안타깝게도 나는 그것을 사고를 당한 뒤에야 알게 되었다.

빗길 저녁 운전을 하던 노인 운전자는 신호를 받아 빨리 좌회전을 해야겠다는 생각에 미처 나를 보지 못했던 것이다. 나 또한 방향을 틀어 난데없이 돌진한 차를 피할 길이 없었고, 사고 직후 나에게 몸 상태를 물었던 운전자는 내 친구가 전화를 걸어 "사고를 내신 분이죠?"라고 하니 대뜸 그에게 소리를 쳤다고 한다.

"아니, 나는 천천히 가고 있었는데 그 여자가 우산을 푹 쓰고 가니까 내 차를 못 보고 박은 거지."

그는 계속 자기 책임을 회피하려고 했고, 그 말에 화가 난 친구는 소리쳤다.

"그렇다면 할 수 없죠. 지금이라도 경찰을 불러야겠네요."

신호를 지켜 횡단보도를 건너는 행인을 차가 쳤을 경우, 그 차량의 운전자는 피의자가 된다는 당연한 사실을, 그는 모르지 않았을 것이다. 다행히 친구가 중재를 해줘서 일은 생각보다 잘 해결되었다. 다리는 여전히 아팠지만 진통제를 먹어야 할 정도는 아니었다.

교통사고는 크든 작든 당연히 피하고 싶은 일이다. 하지만 내가 교통질서를 아무리 잘 지켜도 이처럼 사고가 불가피할 때도 있다. 쏟아지는 빗물과 천둥번개를 막을 길이 없듯이 말이다.

만약, 정말 만약에 대만에서 교통사고가 난다면 먼저 현장에서 110에 전화해 경찰을 불러야 한다.

대만살이 팁

대만에 살면서 가장 중요한 필수 중국어가 뭐냐고 묻는다면 나는 단연 이렇게 대답할 것이다. 부하오이스(不好意思). 이는 미안합니다, 실례합니다 등의 의미인데, 실제로 사과의 의미보다는 상대에게 예의 바르게 말할 때 쓰는 경우가 많다. 그러나 정말 미안한 상황에서는 오히려 이 말이 상대의 기분을 상하게 할 수도 있다. 보행자를 친 운전자라면 당연히 두이부치(對不起)를 써야 한다.

검은 모기의 습격

슬리퍼를 신지 말았어야 했다.

연이은 장마 뒤 오랜만에 날이 갰고, 곳곳에는 물웅덩이가 있었다. 운동화를 더럽히고 싶지 않아 씻기 편한 슬리퍼를 신고 나갔다. 친구와 함께 공원 벤치에서 아이들이 운동하는 모습을 보고 있었다. 발등이 간지러웠다. 벌레 한두 마리가 지나다닌다 싶어 다리를 흔들었다. 손바닥으로 다리를 때리기도 하고, 주변을 걸어 다니며 모기가 붙어 있지 않도록 움직였으나 계속 간지러웠다. 실체가 보이지 않는 무언가가 내 몸속을 파고드는 것 같았다.

집에 돌아와 보니 곳곳에 모기에 물린 자국이 보였다. 약을 발랐더니 싸한 느낌이 들어 안심했다. 잠자리에 들 때까지도 큰 문제가 없었다.

증상은 새벽녘에 시작되었다. 다리가 미친 듯이 간지러웠다. 불을 켜고 다리를 보았다. 발등부터 무릎까지 각각 어림잡아도 30군데 이상 물렸고, 각각 부풀 대로 부풀어 있었다. 땡땡하고 벌겋게 부어오른 다리에서 올라오는 가려움증은 정신을 마비시킬 지경이었고, 실제로 어지러워지기도 했다.

다음 날은 월요일이었다. 수업과 회의로 빡빡한 일정이라 적어도 오후 5시까지는 시간을 뺄 수 없었다. 틈틈이 고통을 줄이는 방법을 찾아야만 했다. 간지러움 때문에 회의 중 화장실로 달려가 다리에 호랑이 연고를 덕지덕지 발랐다. 손이 닿을 때마다 신음 소리가 절로 났다.

알 수 없는 벌레에게 테러를 당한 나는, 극심한 간지러움으로 정신줄을 놓기 직전이었다. 쏟아지는 폭우와 천둥 번개 따위는 두렵지 않았다. 부풀어 오른 두 다리에서 느껴지는 감각이 훨씬 더 무서웠다. 빗속을 뚫고, 병원으로 향했다.

벼룩. 병원에서는 일종의 벼룩에게 물려 이 지경이 되었다고 했다. 3, 4일 정도 약을 먹고 연고를 바르면 나아진다는 의사의 말은 큰 위로가 되지 않았다.

벼룩에 물린 자국을 주변인들에게 보여주니 몇몇 한국인들이 상처투성이의 발목과 팔뚝을 보여주며 또 한 마리의 벌레에 대해 알려주었다.

黑蚊. 헤이원이라는, 어울리지 않게 이름도 예쁜 이 벌레는 말 그대로 검은 모기이다. 장마 뒤 공원, 풀숲, 물웅덩이 근처에 서식하며, 크기가 먼지만큼 작아 잘 보이지도 않는다. 내게 공격을 가한 벼룩과 행동이 비슷했다. 보이지 않는 실체가 몸속을 파고들었다는 느낌은 틀리지 않았다. 이들은 몸속에 한 번 붙으면 깊은 곳까지 쑥 들어가 피를 쪽쪽 빨아 먹는다. 고수를 많이 먹으면 헤이원에게 물리지 않는다는 속설도 있고, 한국인이 대만인들보다 더 잘 물린다는 말도 있다.

극심한 가려움증은 3일째 되는 저녁에 절정을 이뤘다. 하루에 두 번, 아침저녁으로 세 개의 알약을 복용하고, 하루 세 번 연고를 발라 상처가 조금은 가라앉기는 했다. 그러나 으레 상처가 그러하듯, 거의 다 나아갈 때쯤 되니 고통이 극에 달했다. 알 수 없는 작은 벌레가 땀구멍을 뚫고 들어와 온몸에 회오리 바람을 몰고 오듯 돌아다니는 느낌을 지우기 어려웠다.

'이 고통, 얼른 끝이 났으면 좋겠다.'

고통을 잊으려 정신을 다른 데에 돌리려고 했다. 에어컨을 세게 틀어 놓고 덜덜덜 떨다 보니 상처 부위가 열에 식는 듯한 느낌이 들 뿐만 아니라, 정신이 추위에 쏠려 간지러움도 조금씩 잊혔다. 사람들을 만나 벼룩에게 당한 서러움을 폭발시키기도 했다. 일종의 신세한탄이었다. 어쩌면 이 글을 쓰는 것 또한 누군가에게 위로받고 싶어 하는 몸부림인지도 모른다.

이 글을 쓰며 정신을 분산시켜야겠다는 마음에, 예전에 저장해 놓은 독서노트 기록을 살펴보았다.

『참을 수 없는 존재의 가벼움』. 2006년 12월 11일에 읽은 책이었다. 내용이 잘 기억나지 않았지만, 그나마 독서노트를 기록한 흔적이 있어서 이런 문구 하나를 건질 수 있었다.

모든 것이 일순간, 난생처음으로, 준비도 없이 닥친 것이다. 마치 한 번도 리허설을 하지 않고 무대에 오른 배우처럼. 그런데 이생의 첫 번째 리허설이 인생 그 자체라면 인생이란 과연 무슨 의미가 있을까? 그렇기에 삶은 항상 초벌그림 같은 것이다. 그런데 '초벌그림'이란 용어도 정확지 않은 것이, 초벌그림은 항상 무엇인가에 대한 밑그림, 한 작품의 준비 작업인 데 비해, 우리 인생이란 초벌그림은 완성작 없는 밑그림, 무용한 초벌그림이다.

준비도, 리허설도 없는 우리 인생. 그 한 장면, 한 장면에는 무방비로 닥치는 일들이 수두룩하다. 그것을 온몸으로 받아내는 일이 곧 삶이 아닐까, 하는 생각을 다리를 벅벅 긁으며 해보았다. 긁으니 더 가렵고, 가만두려고 해도 손이 말을 듣지 않았다. 나는 오늘도 이러지도 저러지도 못하며, 이렇게 해도 힘들고 저렇게 해도 힘든 삶을 살아가고 있다.

이 모든 게 모기 때문일까? 아니다. 공원에 슬리퍼를 신고 간 내 탓이다. 장마 후 벌레가 많아지니 조심해야 한다는 정보를 입수하지 못한 나의 무지 탓이다. 하루하루 더 현명해지지 못하고 매번 닥쳐야 삶을 이해하는, '밑그림'만 그리고 말아버리는 나의 인생이 본디 그렇게 생겨 먹었기 때문이다, 라고 밀란 쿤데라는 냉정한 답변을 주었다.

대만살이 팁

대만의 의료 서비스는 아주 훌륭하다. 대만의 의료보험에 가입
되어 있다면 일반 내진은 대만돈 150원(한화 약 6,000원 미만) 정도
이며, 여기에는 병원 내 약국에서 처방받는 약값도 포함되어 있
다. 나는 대만에서 치과, 이비인후과, 내과, 피부과, 산부인과,
비뇨기과, 안과에 갔는데 모두 합리적인 내진 비용을 받았으며
불필요한 검사를 요구받은 적도 없었다. 의료 환경이 좋다 보니
대만인들은 가벼운 증상이 있어도 약국에 가지 않으며, 일단 병
원에서 의사의 진료를 받고 약을 처방받는 편을 선택한다.

2장

대만인,
얼마나 알고 계십니까?

상식과 규칙 사이

2021년 1월 15일 기준, 대만의 코로나 확진자 수는 1명(해외유입)이며, 누적 확진자는 843명, 사망자는 총 7명, 격리해제는 741명이었다.

대만의 위생복리부(衛生福利部)는 나의 SNS 친구이다. 이 친구가 매일 대만의 확진자 현황을 알려준 덕분에 코로나 발생 초기부터 꾸준히 대만의 코로나 상황에 대해 알 수 있었다. 세계 언론에서도 연일 대만의 T-방역을 높이 평가했다. 팬데믹 초창기부터 해외 입국을 막고, 마스크 사재기를 엄벌하는 한편 마스크 실명제(주민번호 끝자리가 홀수이면 월 수 금, 주민번호 끝자리가 짝수이면 화 목 토)를 실시했다. 국가가 전염병 예방에 총력을 기울여 코로나 방역 모범국으로 자리 잡았다.

국가의 정책이 큰 몫을 한 것은 사실이나 국민들의 자발적인 협조가 없었다면 불가능했을 것이다. 그러한 협조는 팬데믹이라는 국가 위기와 함께 갑자기 찾아오지 않았으며 대만 국민들의 평소 습관과 태도가 뒷받침된 덕분이라고 생각한다. 대만인들과 지난 몇 년간 생활한 이방인의 눈으로 봤을 때 그렇다.

대만이 코로나 방역에 성공적이었던 이유를 대만인들의 몇 가지 생활 습관에서 찾아보고자 한다. 물론 이는 '대만 거주를 경험한 한국인'의 주관적인 관점에서 서술되었음을 미리 밝힌다.

첫째, 마스크 착용이 일상화되어 있다. 앞서 언급했듯이 대만인들은 수시로 마스크를 쓴다. 나는 주로 대학생들과 생활했는데 그들은 거의 모두 오토바이를 타고 통학했으며, 그때마다 꼭 마스크를 착용했다. 심지어 수업시간에도 마스크를 벗지 않고, 발표나 말하기 시험을 볼 때도 마스크를 쓴 학생들이 있어 그들이 말을 하면 잘 알아듣기 어렵기도 했었다. 그때마다 그들이 왜 마스크를 쓰는지 이해하기 어려웠다. 대만의 높은 기온과 습도를 감안하면, 마스크 착용은 말 그대로 심히 답답하다. 그래도 그들은 마스크를 쓰고 다녔다. 그들에게 오염된 공기, 바이러스로부터 자신을 보호하고 위생을 지키는 습관이 배어 있었다는 사실을 차츰 알게 되었고, 어느 순간부터 나도 그들처럼 마스크를 쓰고 다녔다.

둘째, 전염병에 대한 경각심이 높다. 2015년 7월, 낙타를 키우지 않는 한국에서 메르스 확진자가 증가할 무렵 나는 대만에 있었다. 대만 학교 기숙사 엘리베이터 옆에는 손 소독제가 비치되어 있었고, 그 옆에는 개인위생에 신경 쓰자는 내용의 안내문이 붙어 있었다. 대만에서 살았던 4년 내내 교내 엘리베이터 앞에 손 소독제가 항상 비치되어 있었던 것으로 미루어 보아, 당시 그것이 꼭 메르스 예방만을 목적으로 한 것은 아니었을 거라 추측한다.

한국에 돌아온 2021년 현재, 대만 친구들과 종종 통화를 할 때면 항상 그들에게 "대만은 확진자가 적어서 좋겠다, 이제 안전하지?"라고 부러움 섞인 질문을 던진다. 이 말을 들은 대만인들은 모두 이렇게 대답했다.

"그래도 여전히 해외유입 확진자가 생겨서 걱정이야."

해외유입 확진자는 보통 매일 한두 명 정도 나오며, 가장 많을 때가 여섯 명이었다(2021년 1월경 기준). 다른 나라에 비해 훨씬 수가 적은데도 그들은 안심하지 않았다. 여전히 확진자가 있다는 사실에 주목했다.

셋째, 뭉쳤다가 흩어진다. 대만 사람들은 혼자 잘 다닌다. 그들은 뭉쳤다가도 이내 흩어진다. 이는 그들의 식습관에서 알 수 있다. 그들은 주로 혼자 먹는다. 일행과 같이 먹더라도 자기 일정이 있으면 중간에 일어나고(눈치를 전혀 안 보고), 지인이라도 미리 약속한 자리가 아니면 식당에서 우연히 만나도 합석하지 않으며, 학교에서 일 년에 한 번 있는 학과 회식도 강제성이 없다는 이유로 잘 참석하지 않는다. 그들에게는 회식 스트레스가 적다. 함께 모이는 자리가 있긴 하지만 여럿이 다니다가도 금세 뿔뿔이 흩어진다. 각자에겐 각자의 사정이 있다는 사실을 서로 인정해준다. 그리고 어딜 가나 혼자 식사하는 이들을 어렵지 않게 볼 수 있다.

넷째, 규칙을 잘 지킨다. 대만 캠퍼스를 오갈 때 가장 놀랐던 점이 하나 있었다. 학생이나 선생이나 직원들이나 모두 '아무데서나' 식사를 하는 것이었다! 운동장에 앉아 (그것도 혼자서) 도시락을 먹는 이도 있고, 복도 의자에서 수업 종료 후 물밀 듯 나오는 학생들을 보며 (그것도 혼자서) 식사를 이어가는 이들도 있었다. 심지어 교수들도 엘리베이터 안에서부터 시작해 사무실까지 걸어가면서 먹거나 수업 시작 전에 교탁에 서서 학생들이 다 보는 앞에서 샌드위치를 먹기도 했다. 수업시간에 음식을 먹는 학생들도 있었다. 슬쩍 눈치를 보며 먹는 것도 아니고 아예 책상에 밥상을 차려 놓는 학생까지. 한번은 상당히 냄새가 심하고 뜨거워 보이는 국수를 후루룩후루룩 소리를 내며 떠먹는 학생이 있었다.

심하게 고민했다. 시간과 장소에 구애받지 않는 취식이 그들의 고유문화라 믿었고, 그것을 막으면 안 되는 줄 알았다. 그래도 여전히 고민이 되었다. 수업시간에 다른 이들에게 방해를 주면서까지(더 놀라운 사실은 누가 옆에서 쩝쩝 후루룩거리며 먹어도 옆 친구는 크게 개의치 않는 눈치였다) 먹을 이유는 없어 보였다.

이 문제를 다른 대만 선생에게 물어보았다. 그녀는 대답 대신 자신의 강의계획서를 보여주었다. 그녀의 강의계획서에는

A4용지 한 장에 가득 찰 정도의 '수업 규칙'이 나열되어 있었다. 규칙에는 '수업시간에 휴대폰을 사용하지 않습니다'나 '수업시간에 음식을 먹지 않습니다'와 같이 지극히 '상식'적인 내용도 있었다. 그녀의 조언은 이러했다.

"규칙으로 정하면 됩니다."

그리하여 나도 정했다.

"수업시간에는 음식을 먹지 않습니다."

이렇게 규칙을 정하니 학생들은 정말 수업시간에 음식을 먹지 않았다! 몰래 먹는 학생도 없었다. 대만인들은 규칙이 없으면 자신의 선택대로 행동하지만 일단 규칙이 있으면 그 규칙을 정말 잘 따른다. 생활 속에서도 이러한 모습을 종종 볼 수 있다.

그들은 엘리베이터를 기다리는 인원이 두세 명 정도라도 꼭 줄을 선다. 그것이 규칙이기 때문이다. 지하철에서 식음료를 섭취하면 벌금으로 대만 돈 3,000원(한화 약 12만 원)을 내야 한다. 그래서 그들은 지하철 안에서 물도 마시지 않는다. 규칙 준수가 몸에 뱄다.

"규칙이 매일 바뀌고 있어."

한 친구가 대만의 코로나 상황을 이렇게 알려주었다. 그들은 역시, 수시로 바뀌는 규칙도 잘 따르고 있다. 또한 대만의 규칙에는 예외가 없다. 어기면 그것으로 상황 종료이다. 그 누구도 봐주지 않는다.

다시 한번 말하지만, 국가 차원에서 대비책을 발 빠르게 준비했다고 해도 국민들의 자발적인 협조가 없었다면 지금과 같은 대만은 없었을 것이다. 대만인들이 위기를 극복하는 힘은 그들의 습관, 즉 생활 태도에서 나오는 것이 아닌지 생각해본다.

대만 위생복리부에 의하면, 2021년 5월부터 확진자가 급증해 2021년 6월 5일에는 476명까지 증가했으나 2021년 8월 5일 기준 확진자는 총 6명으로 차차 감소세에 접어들고 있다.

대만살이 팁

대만인들은 개인 수저, 물통, 텀블러 등을 항상 갖고 다니며 사용한다. 이는 위생 문제뿐만 아니라 일회용 사용을 줄여 환경을 보호하려는 차원이기도 하다. 그리고 대만 식당에는 물이 제공되지 않는 식당도 있으므로 개인 음료는 휴대하고 다니는 편이 좋다.

빈말 않는 대만인

인도에서의 일이었다.

현지 거주 한인들, 그리고 3년 이상 한국 유학 생활을 한 인도의 교수들과 함께한 자리에서 한국인과 인도인의 '말버 릇'을 주제로 침 튀기는 설전이 오갔다. 한국인은 인도인의 "I'm coming"을, 인도인은 한국인의 "나중에 밥 살게"를 문제 삼았다.

한국인들의 불평은 이랬다. 인도인들은 "응, 곧 갈게, 응, 가고 있어"라는 말을 자주 하는데, 그러고선 다음 날 오기도 한다고 했다. 반면 인도인들은 한국인들이 "나중에 밥 살게" 라고 하고 밥을 절대로 사지 않는다고 불평했다.

그 설전에서 한국이 인도에게 0:1로 패했다는 느낌이 들었다. 늦게라도 나타나 할 일을 해낸 인도인이 이긴 것 같았기 때문이다. 모두 객지에서 체험한 문화 차이로 불평을 늘어놓는 듯했지만, 사실 당시 그들의 속내를 들여다보면 타국에서 함께할 누군가가 필요했던 것이 아니었을까.

"언제 한번 밥 살게."

이 말은 인도인들이 고단한 유학생활에서 마주한 위로였을테다. 그런데 그 위로는 짧은 말 한마디로만 끝나버린 것이다.

"언제 한번 밥 먹자."

대만인들도 내게 이렇게 말한다. 여기서 핵심은 '살게'가 아니라 '먹자'이다. 대만인들은 비용 지불에 아주 정확하다. 적은 금액까지도 더치페이로 정확히 나눈다. 그리고 그들은 함께 먹자고 말하면 진짜 곧 날을 잡는다.

질문을 하거나 부탁을 하면 이런 말도 해준다.

"잠깐만 기다려봐. 알려줄게."

문화중심(文化中心, 가오슝의 '세종문화회관'으로 다양한 공연과 전시가 열리는 곳이다)이라는 곳까지 가는 버스가 몇 번인지, 콘택트렌즈를 사야 하는데 어느 안경점에 가야 하는지를 물으면, 그들은 '나중에'가 아닌 바로 알려준다.

해외에 살게 되면 현지인의 작은 도움에 마음이 놓일 때가 한두 번이 아니다. 같이 장을 보러 가거나 공연을 보러 갈 때, 택시나 지하철을 탈 때 동행해 주는 것만으로도 마음의 안정을 느낀다. 자주 가는 마트라도 장을 볼 때 함께 가서 "우린 보통 공심채(空心菜)를 볶아서 먹는데"라며 조리법을 알려 주거나 "이 브랜드 우유는 문제가 좀 많아. 다른 브랜드를 사는 게 좋겠어"라고 조언해주면 큰 힘이 된다. 물론 이것저것 사보면서 실패하고 배워나갈 수도 있지만, 그들과 함께

하면서 느끼는 안도감이 더 크다.

열에 여덟은 약속한 말을 지키지만, 한두 명 정도는 약속을 잊곤 하는데, 빈말 않는 대만인에 익숙해진 나는 그들의 "나중에"를 기다렸다. 어쩌면 그렇게라도 현지인에게 의지하고 싶은 내 안의 약한 모습이 불쑥 튀어나와서였는지도 모른다.

어느 날, 라인으로 메시지가 왔다.

'태풍이 올지 모르니까 오늘 밤 상황 보고 내일 약속을 다시 확인하자.'

친구는 다음 날 함께 밥을 먹자는 약속을 잊지 않았다. 간판이 떨어지고, 신호등이 휘어지고, 나무가 통째로 꺾이는 정도의 태풍이 오지 않는 한(과장이 아니다. 대만에서 이러한 태풍을 매년 겪었다), 그 친구는 "언제 한번 밥 먹자"라는 약속을 변경하거나 어기지 않았다.

나는 그 친구에게 답했다. 기다리겠다고. 태풍이 지나가고, 우리가 약속 시간에 만나기를.

친구는 내게 다시 말했다.

'태풍이 심하면 내일 못 나갈 텐데, 같이 장 보러 가줄까? 나 지금 너희 집 근처에 있는데.'

친구는 나를 걱정하며 기꺼이 동행하고자 했다.

가오슝 시정부가 라인으로 보낸 '대풍 시 주의시항'을 보고, 올 것이 또 오는구나 싶어 이미 우유, 채소, 쌀, 빵 등을 진작에 사 갖고 들어온 터였다. 그래서 친구에게 괜찮다고, 챙겨줘서 고맙다고 전했다.

그동안 내가 길바닥에 흘렸을 말들을 떠올려봤다. 주워 담지도 못하고 날려버린 공수표가 어디쯤에서 부유하고 있을지…. 누군가에게 빈말을 건넸을 내가, 객지에서 누군가에게 자꾸 기대려 한 내가, 친구와 나의 라인 창 위에 겹쳐 보였다.

대만살이 팁

- 대만에서는 모바일 메신저로 라인(LINE)을 주로 사용한다.
- 대만의 콘택트렌즈는 아주 다양하고 저렴하다. 대만 여행의 쇼핑목록에 꼭 포함되는 물품이기도 하다.
- 공심채(空心菜)는 줄기가 비어 있는 식물이라 해서 지어진 이름이다. 최근 한국 마트에서도 판매되고 있다. 대만인들은 기름을 잔뜩 두른 팬에 공심채와 함께 간장, 소금, 마늘 등을 넣어 볶아 먹는다. 공심채에는 몸을 차갑게 하는 성분이 있어 더위를 식히는 데는 좋지만 여성들이 자주 먹으면 몸이 냉해진다는 말을 들었다.

대만에서 길 찾기

대만에서 내가 제일 무서워했던 말 중 하나는 바로 이것이었다.

"구글 지도 보고 찾아와."

나는 지도를 볼 줄 모른다. 방향 감각도 없다. 대만살이 초창기에는 자주 가는 마트의 위치를 매번 잊었다. 작은 골목에서 매번 돌고 또 돌다가 안 되겠다 싶어 전략을 세웠다. 방향을 틀어야 하는 장소의 표지판을 기억하기 시작했다. 방향 감각은 없었지만 그나마 텍스트를 기억하는 능력은 있어서 주요 위치에 있는 글자를 외웠다. 길을 가다가 '오리고기' 글자가 보이면 왼쪽으로 가고, 쭉 가다가 우체국이 있으면 그 옆 골목으로 가는 식이었다. 대개 직진으로 이동하다가 혹시라도 방향을 틀어야 할 때는 동서남북이 아닌 오리고기, 아침집, 잡화점 등 간판 글자를 활용한 것이다. 이는 중국어 학습에는 도움이 되었지만, 길치 인생에서 벗어나지 못하게 막는 반쪽짜리 전략에 불과했디. 집 근치를 벗이나면 이 방법은 별로 힘을 발휘하지 못했다.

결국 사람들에게 도움을 구하기로 했다. 대만사람들은 그들의 갈 길을 멈추고 내 갈 길에 기꺼이 함께해주었다.

타이베이 도심 한가운데서 길을 잃어 땀을 뻘뻘 흘리면서 지도를 내밀며 대만인에게 도움을 청했을 때였다. 지나가던 행인 한 명이 나와 함께 목적지가 보이는 곳까지 가주었다.

어느 날은 길을 잃고 헤매었다. 그곳은 파인애플밭이었는데, 어쩌다가 그곳에 들어갔는지 기억조차 나지 않는다. 아마 근처에 기차역이 있다고 해서 갔을 것이다. 그러나 기차역은 나오지 않고 파인애플밭만 점점 더 넓게 보였다. 그때 구세주처럼 행인 두 명이 다가왔다. 기차를 놓칠 것 같은데 택시가 보이지 않아 난감해하는 나를 위해, 그들은 제 전화로 택시 회사에 연락해서 한시가 급한 승객이 있으니 얼른 와달라고 독촉했다. 푸른 파인애플밭을 가로질러 등장한 노란 택시를 보고 가슴이 뛰었던 그 순간이 아직도 생생하다.

그들은 비단 외국인에게만 길 찾아주기 친절을 베푸는 것이 아니다. 대만 친구의 차를 타고 남부 시골길을 여행하던 중이었다. 친구가 좁은 골목길에서 방향을 잃었다. 마침 옆을 지나가던 오토바이 운전자(한눈에 봐도 동네 오빠 같은 분)에게 목적지를 물었더니, 그는 대만 남부 사투리를 쓰면서 자기 뒤를 따라오라고 했다. 그가 우리와 함께 긴 골목길을 달려 준 덕분에 우리는 무사히 목적지에 도착할 수 있었다.

나에게 길 찾기는 두렵고 긴 여정과도 같다. 그래서 지도를 보고도 갈 길을 헤매는 외국인을 보면 쉽게 감정이입이 된다. 낯선 곳에서 혼자 뚝 떨어져 있는 두려움, 무엇을 어떻게 물어야 할지 모르는 난감함, 우주적으로 혼자가 된 듯한 기분을, 혼자 다니기 좋아하는 지극히 이기적인 내가 느꼈다면 너무 모순일까.

대만의 좁은 골목길에서 휴대폰을 쥐고 두리번거리는 외국인을 누군가가 돕지 않았다면, 나는 정말 우주 외톨이가 된 기분을 영영 기억하고 있었을지도 모른다. 지도는 우리에게 모든 방향을 알려주지 않는다고 생각한다. 그래서 나는, 지도보다 사람을 믿는다.

대만살이 팁

대만에는 아침집(早餐店)이라는, 새벽 6시부터 오후 2시까지 문을 열고 아침과 점심을 제공하는 식당이 있다. 주로 빵, 국수, 단빙(蛋餅, 밀가루 피에 계란을 부친 음식으로 대만인들의 대표 아침 메뉴) 등의 음식과 커피, 두유 등의 음료를 판다. 한국에 돌아온 현재, 대만 음식 중 무엇이 먹고 싶으냐고 묻는다면 단연 아침집 음식이라고 대답한다.

혼자 먹는 도시락

대만은 맛있는 음식으로 유명하다. 어떤 여행객은 "대만에 먹으러 간다"고 말하기도 했다. 맞는 말이다. 3박 4일 동안 먹기만 하는 식도락 여행도 나쁘지 않다. 개인적으로 추천하고 싶은 대만 음식은 도시락과 빙수다. 종류가 다양하고 대체로 맛있어서 골라 먹는 재미가 쏠쏠하다. 빙수는 신선한 과일이 듬뿍 담긴 게 단연 최고다. 도시락은 입맛대로 반찬을 골라 먹는 재미가 있다. 이국적인 향이 풍기는 음식을 좋아하지 않는 사람도 두 가지 음식은 군말 없이 잘 먹곤 한다. 그런데 나는 도시락을 떠올리면 왠지 서글퍼진다.

학기 초 교사 회의가 열리는 날이었다. 오며 가며 마주칠 때면 내게 안부를 묻고 챙겨주던 선생이 있었는데, 오랜 방학을 끝내고 그녀와 짧은 어휘로 제법 긴 시간 대화를 나누게 되었다. 그렇게 한참 이야기를 주고받다 보니 어느새 점심시간이 되었다. 우리는 함께 줄을 서서 학교 측에서 준비한 도시락을 받아 들고 회의장 밖으로 나섰다. 나는 오랜 시간 그녀와 말을 나눴고, 밥을 먹으러 어디로 가야 하는지도 잘 몰랐기에 그녀를 따라나섰다. 함께 엘리베이터를 타고 움직였다. 그런데 그녀는 자기 연구실 앞에 서서 이렇게 말하는 것이었다.

"이따가 보자."

나만의 착각이었나? 함께 도시락을 먹는다는 암묵적인 합의가 우리 둘 사이에는 이미 체결된 게 아니었나? 나는 당황했으나, 아무렇지도 않은 척하며 그녀에게 애매하고, 헷갈리고, 좋지 않은 기분을 숨기고 "그래, 좋아"라고 답해버렸다. 그녀는 제 연구실로 들어갔고, 나는 양손에 도시락을 쥔 채 다시 엘리베이터를 탔다. 그때만 해도 어디로 가서 도시락을 먹어야 할지 알지 못했다. 결국 나도 그녀처럼 내 방으로 들어갔다. 책상에 앉아 도시락 뚜껑을 열었다.

닭이었다. 순간, 한국의 치킨이 사무치게 그리워졌다. 친구와 함께 먹던 그때 그 맛. 그러나 이 도시락의 닭은 내가 알던 맛이 아니었다. 그래도 먹어야 했다. 내 몫이었으니까.

그날, 자발적 혼밥이 아닌 우발적 혼밥을 경험했다. 그 이후 대만인들의 식습관을 관찰했는데, 대만에서 혼밥과 관련해 목격한 사례는 다음과 같다.

1. 교실이나 교실 복도에서 혼자 식사하는 학생들이 많다.
2. 손에 자은 비닐봉지 하나씩을 들고 다니며, 그 안에 든 도시락이나 간식거리를 원하는 곳에서 혼자 먹는다.

3. 집에 가족들이 있어도 자기가 먹고 싶은 게 있으면 그냥 밖에 나가 혼자 먹고 들어온다.
4. 식당에서 친구랑 밥을 먹는데 친구가 볼일이 있다면서 상대방을 혼자 두고 가버리는 일도 비일비재하다.
5. 햇살이 눈부시게 쏟아지는 토요일 오후 2시에 혼자 빙수를 먹는 젊은 남성의 모습도 종종 목격된다.

대만 생활 초기에는 이러한 광경이 낯설었다. 그리고 나를 두고 떠난 대만 친구에게 여전히 서운한 마음이 들었다. 이럴 때에는 좁아터진 내 마음을 상대에게 터놓아야 했다.
수업시간에 학생들과 이러한 나의 경험을 공유했다. 수업자료가 된 '사건의 재구성'은 다음과 같다.

대만사람들은 아주 친절합니다. 누구에게도 따뜻하게 대해 줍니다. 대만사람들 덕분에 대만 생활에 어려움이 없었습니다. 하지만 시간이 흐르면서 대만사람들의 행동을 이해하기가 어려웠습니다. 대만사람들은 '함께'보다 '혼자'를 좋아합니다. 친구와 같이 있지만 갑자기 혼자 가버립니다. 같이 있지만 다시 혼자가 됩니다. 어느 날, 나는 대만 친구(친구라고 믿고 싶습니다)와 같이 길을 걷고 있었습니다. 그런데 그 친구가 갑자기 나에게 "잘 가"라고 인사하고 가버렸습니다. 나는 정말 황당했습니다. 그 친구는 나와 함께 있고 싶어 하지 않아, 라는 생각이 들었습니다. 그래서 정말 슬펐습니다.

이 내용에 대한 조언을 학생들에게 쓰게 했더니, 한 대만 학생이 아래와 같은 글을 건넸다.

아마 그분은 선생님과 같이 있고 싶었을 수도 있지만 그 시간에 원래 갈 곳이 있었으니까 떠나야 됐을 겁니다. 사실 그전에 두 사람이 먼저 약속하지 않았다면 둘이 길에서 우연히 만나 서로 인사한 후에 계속 같이 있는 것은 좀 어색합니다. 한국사람은 다른 사람이 혼자서 있는 것이 걱정돼서 쉽게 떠나지 않을 겁니다. 하지만 대부분의 대만사람은 원래 각자의 생활이 있고, 각자에게 중요한 일이 많이 있다고 생각합니다. 그래서 누군가와 같이 있을 때, 그 사람이 "이제 가야 돼."라고 말해도 충분히 이해하고 기분 나빠하지 않을 겁니다. 문화적으로 달라서 그러니까 선생님은 이 일에 신경 쓰지 말고 우리와 같은 생각을 하게 되면 마음이 더 편해질 겁니다.

그래, 학생의 말이 맞았다. 각자의 생활이 있었다. 인정했다. 쉽지는 않았지만.

대만살이 팁

대만 빙수는 아주 다양하다. 우리는 주로 팥빙수를 먹지만 대만인들은 얼음 위에 율무, 녹두, 콩, 토란 등을 올려 먹기도 한다. 그중 뭐니 뭐니 해도 망고빙수가 최고다. 그런데 딸기빙수는 추천하고 싶지 않다. 대만의 딸기는 크기가 작고 아주 비싸며, 씹으면 풀맛이 난다.

친절한 진진 씨*

무하마드 아크바르

무하마드 아크바르는 파키스탄인

무하마드 아크바르는 무례해

무하마드 아크바르는 핸드폰이 울리면 그냥 그대로 받지

무하마드 아크바르는 때로는 끔찍해

무하마드 아크바르는 질문이 있다곤 불러서 한참 동안 말을 시키지

무하마드 아크바르는 턱수염을 길렀어

무하마드 아크바르는 금팔찌에 금목걸이도 했지만

무하마드 아크바르는 아무리 봐도 멋지지는 않았어

무하마드 아크바르는 지각대장

무하마드 아크바르는 바쁘다기보다는 그것이 그냥 그의 체질인 것

같았어

---

* 이 글은 소영미 · 한혜민(2021), 「협력학습을 활용한 한국문학 교육
사례 - 해외 대학(대만, 홍콩) 수업을 중심으로」, 『한중인문연구』 70,
225-249쪽에 일부 인용이 되어 있다.

무하마드 아크바르는 짝이 없어

무하마드 아크바르는 아무도 옆에 가기 싫어해

그러던 어느 하루

무하마드 아크바르는 하얀 옷을 입고

무하마드 아크바르는 하얀 모자를 쓰고

무하마드 아크바르는 이슬람 복장으로 나타났어

(중략)

적어도 그날 하루 우리 모두는 신성해져 있었네

무하마드 아크바르의 힘으로

무하마드 아크바르의 신의 힘으로

- 한명희, 「무하마드 아크바르」 부분*

이 시는 한명희 시인의 작품이다. 한명희 시인은 한국어 교사 출신으로 학생들과의 경험을 표현한 시를 발표했는데, 나는 수업 시간에 종종 그의 시를 자료로 사용하곤 한다. 〈한국대중문화〉 수업시간이었다. 특정 문화에 대한 고정관념, 선입견, 편견, 오해, 그리고 이것의 이해 과정 등을 담은 내용이라 위의 시를 활용했다.

이와 함께 대만인이 본 한국인, 한국인이 본 대만인, 대만인이 모르는 대만인, 한국인이 모르는 한국인에 대한 이해를

---

* 한명희, 『두 번 쓸쓸한 전화』, 천년의시작, 2002.

돕기 위해 교수자인 내가 위의 시를 패러디한 시를 지어 학생들에게 들려주었다.

친절한 진진 씨

진진 씨는 대만인

진진 씨는 친구가 있어, 하지만 혼자 다녀

진진 씨는 교실에서, 복도에서, 운동장에서 아무 데나 앉아 혼자 도시락을 먹어

진진 씨는 내게 손을 흔들며 인사해, 그리고

진진 씨는 또 혼자 가 버려, 비닐봉지를 흔들며 멀리, 멀리, 오토바이를 타고 더 멀리, 멀리

오늘은 금요일

진진 씨가 내게 물었어, "대만 생활이 어때?", 내가 대답했어, "좋아"

진진 씨가 또 내게 물었어, "대만 음식이 입에 맞아?", 내가 대답했어, "맞아, 그런데 매운 음식이 먹고 싶어."

진진 씨가 "여기 가 봐"라며 내게 한국 식당을 알려 줬어. 나는 진진 씨의 휴대폰을 봤어. 식당 이름은 별별, 별별 식당, 지도를 봐도 몰라, 별별, 식당 소개를 봐도 몰라, 별별, 나는 진진 씨를 봤어, 진진 씨도 나를 봤어, 나는 웃었어, 진진 씨도 나를 부며 웃었어.

그리고는 진진 씨,

또 갔어, 멀리, 멀리, 오토바이를 타고 더 멀리, 멀리

나는 대만인들의 친절이 참 헷갈렸다. 그것이 이 시를 쓴 동기가 되었다.

대만살이 초창기였다. 낯선 이와 둘이 엘리베이터를 탔다. 그는 문 쪽에 섰고, 나는 그의 뒤에 섰다. 어색한 침묵 속에서 천천히 하강한 엘리베이터가 드디어 1층에 도착했다. 문이 열렸다. 그는 내리지 않았다. 그는 내게 고갯짓을 해 보였다. 날더러 먼저 내리라는 신호였다.

"셰셰(謝謝)"

그에게 감사인사를 하다가 알게 되었다. 그는 내가 내리는 동안 문이 닫히지 않게 열림 버튼을 누르고 있었다. 일행도 아닌데 타인을 배려해주는 대만인의 태도에 감동을 받았다. 친구가 없던 대만살이 초창기였으니, 나를 향해 오토바이를 타고 돌진해 오다가 웃는 얼굴로 "파인세(대만어로 "미안합니다")"라고 외친 할머니에게도 따뜻함을 느꼈을 때였다.

나는 사람을 잘 믿지 않는다. 가까운 사이도 아니고 더욱이 아는 사이도 아닌데 내게 친절을 베푼다면 일단 뒷걸음질을 친다. 객지에선 사람을 조심해야 한다는 말을 익히 들은 서울 촌사람이라 그렇다. 그런데 대만에 살면서 그런 경계심이 무뎌지기 시작했다.

대만인의 친절에 서서히 익숙해졌을 때였다. 캠퍼스에서

한 교직원을 만났다. 그녀와 나는 몇 번 마주치며 반가운 인사를 나누던 사이였고 친구라 불러도 무방했다. 그녀는 내게 평소처럼 웃는 얼굴로 "안녕하세요?"라고 한국어 인사를 건네며, 대만 생활이 어떤지 물었다. 마음 같아서는, '날도 덥고, 갈 데도 없고, 할 일은 태산인데 누구한테 뭘 어떻게 부탁해야 할지도 모르겠다. 네가 한번 내 얘기 좀 들어주겠니?'라고 말하고 싶었다. 하지만 그럴 수 없었다. 나는 이성적이고 교양 있는 사회인이자 말이 서툰 외국인이었다. 하고 싶은 말을 다 쏟아내기에는 여러모로 무리가 있었다.

"주말에 뭐 할 거야?"

아, 드디어 그녀가 나와 함께 주말에 어디론가 가려는 걸까? 김칫국을 마셔버렸다. 응당 그에 어울리는 대답을 해야 했다. 나는 별일 없다고 솔직히 그러나 속뜻을 감춘 말을 내보였다.

그러자 그녀는 뭔가 생각났다는 듯이 자신의 휴대폰을 들었다. 나는 그녀에게 내 연락처를 알려주려고 "링지요링지요(0909)"의 발음과 성조를 속으로 연습했다.

"여기야!"

그녀는 내게 한국식당을 소개해주었다. 자기가 가봤는데 음식이 너무 맛있다고 나에게도 가보라는 것이었다. 가오슝에 산 지 석 달도 채 되지 않았을 때였다. 한국 음식이 미치도록 그리울 때도 아니었으며, 오래 삭힌 취두부라도 대만인과 함께 먹고 싶을 때였다.

"빠이빠이."

한국식당 이름 하나 알려준 그녀는 뭐가 그리 급했는지 그렇게 내 곁을 떠났다. 학교에서 만날 때마다 반가운 인사를 건네던 그녀, 한국 음식을 좋아한다던 그녀, 내게 주말에 뭐 할 거냐고 물었던 그녀는 식당 이름 하나만 알려주고 멀리멀리 가버렸다.

그녀에겐 잘못이 없었다. 대만인들의 넘치는 친절에 너무나도 익숙해졌던 나는, 그때도 대만인이 나를 위해 어디론가 함께 가주기를 기대했을 뿐이었다. 대만인들의 친절을 착각하거나 오해하는 일이 그 이후로도 종종 있었다. 아낌없는 친절을 베풀어준 사람들이 주말 일정을 묻고, 식당 이름도 알려줄 때마다 나는 그들과 '함께'하는 일정을 기대했다. 만약 평소에 친절을 베풀지 않았거나 인사도 잘하지 않고 지내던 사이였다면 당연히 '함께'를 기대하지 않았겠지만.

그러한 이유로 대만인들은 가깝지만 멀리 느껴질 때가 있었다. 그들은 '함께'보다 '혼자'를 좋아한다. 그리고 한국인들의 '함께'를 불편해한다.

대만 학생들은 한국인과 함께한 경험을 다음과 같이 썼다.

1.

선미 씨는 한국인

선미 씨는 나한테 말해. "우리 예쁜 카페에 가서 사진을 찍을까?"
나는 선미 씨가 부담스러워. 우리는 별로 친하지 않은데…

2.
민아 씨는 친절하고 활발해, 근데 성격이 안 맞아
민아 씨는 나 만날 때마다 "우리 전화해", 말해.
난 항상 계속 기대되고 또 기대되고, 전화 안 했어.
민아 씨는 진짜 나랑 친구가 되고 싶냐?

학생들이 지은 시를 읽고, 내가 "우리 같이 밥 먹으러 갈
까?"라는 말을 그리워했던 혹은 이 말에 집착했던 이유를 알
게 되었다. 나에게는 '밥'과 '함께'가 정말 '함께' 입력되어 있
었기 때문이 아니었을까? 아니면 그때 내가 그냥 막 외로웠
을지도….
　대만인들은 몰려다니지 않는다. 회식도 별로 없다. 있어도
강요 사항이 아니며, 회식에 가지 않았다고 '찍히는' 일도 없
다. 일 년에 한 번 하는 학과 회식과 중국어 시험이 겹친 날,
과 조교에게 이 일을 어떻게 하면 좋겠느냐고, 늦게라도 가
는 게 낫겠냐고, '찍힐까' 두려워 전전긍긍하던 내게 그녀는
이렇게 말했다.
　"선생님, 안 오셔도 돼요."
　회식에 안 가도 된다는 말이 더 무서웠다. 학과에서 왕따

가 되는 줄 알았다. 그런데 그녀의 말은 진짜였다. 가족과의 일정 때문에, 몸이 피곤해서, 회식 장소의 주차 여건이 좋지 않아서 등의 다양한 이유로 많은 사람이 학과 회식에 불참했다(더 놀라운 건 그들이 불참한 이유를 그리도 솔직하게 말했다는 사실이었다).

그들은 각자의 일정이나 사정에 맞게 움직인다. 학생들도 마찬가지다. 학교 앞에 편하게 앉아서 얘기를 나누거나 과제를 할 만한 카페도 없다. 함께 커피를 마시며 수다를 떨거나 술 한잔하며 떠들지도 않는다. 그들은 아주 조용하게 각자 마실 음료를 개인의 취향에 맞게 골라 오토바이에 싣고 자기만의 공간으로 간다.

대만살이 팁

대만인의 성(姓)

'친절한 진진 씨'에서 대만인의 이름을 '진진'이라고 한 이유는 대만인의 성 중에 '진'이 제일 많기 때문이다. 조금 과장해서 말하자면, 교탁 위 전자 출석부를 클릭할 때 거의 절반이 '진' 씨로 보인다.

우리가 아는 성 씨는 대만에 거의 다 있다. 왕, 이, 장, 조, 강, 성, 심, 마, 허, 설, 사, 서, 소, 반, 임, 허, 하, 황 등등. 그런데 우리에게 비교적 많은 김 씨, 박 씨, 최 씨는 거의 만나지 못했다.

미용실의 메뉴판

가오슝의 한 대학교에 처음 갔을 때 대학 주변 거리를 보고 신기했던 점이 있었다.

첫째, 술집이 없고, 둘째, 노래방도 없다는 것.

내가 근무한 학교의 정문 앞에는 주유소와 요리학원과 학생들이 한 번도 갈 것 같지 않은 레스토랑과 용도를 알 수 없는 낡은 상가와 4년 내내 공사 중인 건물이 있었다. 후문 주변은 그나마 나았다. 각종 분식집, 식당, 포장마차, 음료 가게, 복사집, 빵집, 편의점이 즐비했다. 그래도 술집은 보이지 않았다.

알고 보니 이는 국가에서 정한 일종의 규정이었다. 가오슝 시 규정에 의하면 클럽, 술집, 필요 이상의 서비스를 제공하는 찻집이나 커피숍, 사우나 등의 시설은 학교, 병원, 도서관과 근처 100m 이상 떨어져 있어야 한다고 명시되어 있다. 이 거리는 도시마다 다른데, 타이베이의 경우 200m라고 한다. 그런데 100m나 200m나 그리 먼 거리는 아닌데 왜 학교 근처에 술집이 보이지 않는 걸까? 대만 학생의 말을 빌리자면 이렇다.

"학교 근처에는 주로 또 다른 학교, 병원, 도서관이 밀집해 있습니다. 즉, 학교 옆에 학교 옆에 병원 옆에 병원 옆에 도서관 옆에 도서관. 이런 식이다 보니 술집의 위치는 점점 더 멀어져만 가지요."

학교생활에 꼭 필요한 장소(술집은 결코 아니다)만 근처에 있는 것이다. 사실 대학가이다 보니 복사집, 식당, 음료수 가게, 미용실 등이 다른 곳보다 많으며(사실 많다기보다 다닥다닥 붙어 있으며) 휴대폰 대리점이나 치과, 이비인후과 등의 개인 병원, 은행 등도 있다. 물가도 다른 곳보다 싼 편이고 아주 편리하다.

그런데 한 가지 더 의아한 점이 있었다. 미용실 비용이었다. 머리하는 데 드는 비용은 한국과 비교해서 그렇게 싸지 않았다. 도시락이 70원(한화 2,800원가량)인데, 염색비용은 2,000원(한화 약 80,000원)이다. 사실, 염색비용 2,000원은 아주 싼 편이라고 들었다. 세뱃돈을 받아서 6,000~7,000원대(한화 약 24~28만 원) 비용을 지불하고 염색을 하는 학생들도 적지 않았다. 대만 학생들은 보통 시간당 160원(한화 약 6,400원, 전반적으로 균일한 금액이다) 정도를 받고 아르바이트를 한다. 이로 보아, 대만의 미용실 비용은 다른 물가와 비교했을 때 비싼 편이라는 사실을 알 수 있다.

한국에 잠시 나왔을 때 미용실에 간 적이 있다. 어디에서

나 볼 수 있는 프랜차이즈 미용실이었다. 아주 비싸지도, 아주 저렴하지도 않은 합리적인 가격을 지불하는 미용실이었다. 아이의 머리를 자르러 갔는데, 손 마사지도 해주고, 눈썹도 정리해주었다. 게다가 계산을 한 뒤 미용사가 우리를 위해 문을 열어주고 2층에서 1층까지 편하게 내려가라며 엘리베이터까지 눌러주었다. 나는 이 모든 서비스에 놀랐다. 머리를 자르는 것 외의 일이 더 많았던 것이다. 그들이 감정 노동자로 불리는 이유를 알 것 같았다.

대만에서 서비스업에 종사하는 사람들은 대만인 특유의 친절함을 보여주긴 하지만, 고객만을 위한 친절은 그리 많이 베풀지 않는다. 미용실의 경우에도 계산을 한 뒤 "감사합니다" 인사를 하면 끝이다. 문 밖까지 배웅을 하지 않는다. 종종 과한 서비스를 받아온 한국인의 관점에서는, "직원이 서비스를 충분히 베풀지 않았다"는 불평을 할 수도 있을 것이다.

대만에서 자주 가는 미용실 직원이 바뀌었을 때다. 새로 만난 직원은 참 친절했다. 나를 보더니 한국인 아니냐며 금세 알아보고는 드라이기를 사용하다가 고데기를 쓰기 시작했다.

"한국 드라마 보니까 여자들이 이걸 더 좋아하는 모양이더라."

드라이기 대신 고데기를 사용하며 보다 한국식으로 머리

를 만들어 가려는 미용사의 노고가 고맙게 느껴져 "고데기는 내 취향이 아니야"라는 말을 차마 하지 못했다. 염색비용 2,000원을 지불하자 직원은 내게 자기 명함을 건네며 밝게 인사했다. 우리는 그렇게 헤어졌다.

그들은 각자 자기 자리에서 시작과 마무리를 한다. 그 밖으로 벗어나는 일은 하지 않는다. 어쩌면 그들이 정한 선을 넘어 '특별한 대접'을 기대하는 손님들에게는 그런 모습이 자칫 무례하게 비칠지도 모른다. 하지만 나는 그것이 아주 합리적이라고 생각한다. 그들은 자신의 일에 충실하고, 받는 만큼의 서비스를 고객에게 제공했다. 식당의 메뉴판처럼 모든 서비스에는 각각의 가격과 그에 해당하는 내용이 상세히 적혀 있다. 그들은 정말 매뉴얼을 따라 일하며, 정해진 가격만을 받는다. 팁도 없다. 나는 팁을 주는 대만인을 아직까지 보지 못했다.

게다가 나는 한 번도 바가지를 쓰지 않았다. 상황 파악 잘 못하고, 말을 제대로 알아듣지 못하며, 물정도 모르는 외국인이라고 나를 속이는 이가 단 한 사람도 없었다고 자신할 수 있다. 그건 택시를 탈 때도 마찬가지였다. 나는 고객이고, 그는 직원일 뿐. 우리는 그 이상도, 그 이하도 아니었다.

다시 한 번 말하지만, 대만의 서비스업 종사자들은 합리적이고, 고객들도 그에 습관화되어 눈치를 주거나 갑질하는 일이 거의 없다.

그들은 서로 정해놓은 선을 정말 잘 지키고 있었다.

대만살이 팁

대만 미용실에서 여자 커트는 대만 돈 500~600원 선이고, '머리 감겨주는 서비스(洗頭)'는 300원에서 500원대로 다양하다. 그런데 처음에는 '머리 감겨주는 서비스' 항목을 보고 의아했다.

"머리 감으러 미용실에 온다고?"

이것은 우리로 말하면 '드라이' 서비스다. 스타일링에 신경을 더 써주는 드라이보다 머리 마사지에 좀 더 시간을 투자해주는 서비스로 보면 된다. 한국에는 이것이 샴푸 마사지로 알려져 있다. 대만에 가면 샴푸 마사지를 꼭 받아보라고 권해주고 싶다. 마사지와 드라이, 스타일링을 한 번에 해결할 수 있는 서비스니까.

도마뱀 소동

투명하고 작은 것이 있었다.

욕실 벽을 타고 재빠르게 움직이는 그것은, 마치 다리 달린 올챙이가 벽에서 천장까지 올라가는 모양새였다. 대만인들은 그것을 이렇게 불렀다.

비후(壁虎). 한국식으로 발음하면 '벽호'가 된다. 나는 한번도 벽호라는 동물에 대해 들어본 적이 없다. 오히려 이 이름이 친숙하다. 도마뱀.

대만에는 벽호라고 불리는 작은 도마뱀이 어디든 다닌다. 기후가 습하기 때문이라고 하는데, 실제로 야외 점포의 천장에서 작은 도마뱀이 다닥다닥 달라붙어 있는 모습을 어렵지 않게 볼 수 있다. 학교 기숙사에 도마뱀이 처음 나타났을 때, 나는 그가 내 몸에 달라붙기라도 한 것처럼 기겁했다. 투명한 몸뚱어리에 눈동자로 보이는 까만 점 두 개가 유독 도드라져 보였는데, 마치 나를 노려보며 전진하는 것 같았다. 동거인을 공격할 의사가 전혀 없는 생물체라도 그가 내 공간에 나타나 주위를 맴돌고 있다면, 비명 한 번쯤은 지르게 마련이다. 그날 저녁, 대만 친구들의 단체 메시지방에 이 사태를 알렸다. 친구들은 나의 호들갑을 대수롭지 않게 받아들였다.

"그냥 내버려둬."

대만인들은 비후 혹은 벽호 혹은 도마뱀을 좋은 동물이라고 생각한다. 모기를 비롯한 각종 작은 벌레를 잡아먹고 다니기 때문이다. 그렇다. 도마뱀은 좋은 동물이다. 하지만 동거를 하기에는 무척 부담스럽다.

욕실 벽을 잽싸게 타고 올라가던 아기 도마뱀은 서서히 그 몸집을 키워나갔다. 한 번은 소파 밑에서 또 한 번은 싱크대 밑에서 또 한 번은 청소기 옆에서 출몰했고, 그때마다 점점 커져갔다. 나는 비명을 질렀고, 다시 그 녀석은 긴 꼬리와 짧은 다리를 이용해 집 구석 어딘가로 몸을 숨겼다.

어느 주말이었다. 한동안 보이지 않던 도마뱀이 냉장고 앞에 나타났다.

녀석은 이미 너무 많이 변해버렸다. 단단하게 몸집을 키운 도마뱀은 회색도 짙은 녹색도 흙색도 아닌, 기이한 색을 띠고 있었다. 무엇보다 나의 비명을 듣고도 꼼짝하지 않았다. 이번에는 내가 몸을 숨겼다. 잠시 후 고개를 슬며시 내밀고 보았더니, 움직이지 않고 그 자리에 떡하니 있었다. 아이가 배구 경기를 하러 가야 했고, 고등학교 시절의 마지막 배구 경기라 나도 따라가서 응원할 계획이었으며, 그보다 우선 아침을 먹어야 했지만 냉장고 앞에서 자리를 지키고 있는 덩치

큰 도마뱀 때문에 차마 움직일 수 없었다. 하는 수 없이 우리
는 아침을 먹지 않고 배구 경기장에 갔다.

아이의 배구 경기를 보며 응원을 하는 도중에도 도마뱀 생
각이 머릿속에서 지워지지 않았다. 그렇게 시간이 흘렀고, 늦
은 오후 우리는 집에 돌아와 조심스레 냉장고 앞을 보았다.
도마뱀은 아침과 똑같은 자세로 있었다.

"죽었네."

냉장고 앞에 쪼그려 앉아 도마뱀을 보던 아이의 말이었
다. 나는 아이에게 도마뱀을 치울 수 있겠느냐고 했다. 아이
는 할 수 없다고 했다. 우리는 누가 죽은 도마뱀을 치울 것
인지에 대해 한참 옥신각신했고, 결국 경비원에게 그 사실
을 알리기로 했다. 가기 전에 도마뱀의 대만 이름인, '비후'
의 발음을 열 번 이상 연습했다. 나는 떨리는 목소리로 경비
원에게 상황을 이야기했다. 그는 사정을 듣고 내게 딱 한 마
디, 해줬다.

"네가 치워."

"그러니까 내가 못 치우니까 여기 왔잖아요. 나는 그런 생
물체(파충류라고 말하고 싶었으나 그 단어를 몰랐다)를 본 적이 없
다니까요. 그리고 걔는 너무 커버려서 무섭다고요. 제발 도
와주세요."

이러한 나의 간곡한 부탁에도 그는 단호하게 말했다.

"메이반파(沒辦法, 안 돼, 어쩔 수 없어)."

이 말은 내가 학교 사무실에서 종종 듣는 말이다. 어딘가에 문의하거나 문제점을 말하거나 도움을 청하고 나서 거절의 표시로 듣는 말이기도 하며, 그래서 내가 무서워하는 중국어 중 하나이기도 하다.

나도 물러설 수 없었다. 너무 커버린 상태에서 죽어버린 파충류를 마주하는 일은 너무 큰 일이었다. 하는 수 없이 청소 도우미 아주머니에게로 갔다. 그녀에게 또 한 번 죽어버린 도마뱀에 대해 묘사하기 시작했다. 그녀도 처음에는 거절했지만, 나의 간곡한 부탁을 결국 들어주었다.

학교 기숙사에 살 때, 날아다니는 바퀴벌레가 출몰한 적이 있었다. 대만 바퀴벌레는 그 사이즈가 상상 이상이다. 움직임 또한 상당히 과격하다. 그것을 조준해 사정없이 스프레이를 발사했더니 결국 그것은 몸을 뒤집은 채 사살됐다. 문제는 처리였다. 아이가 몇 번 처리한 적이 있었으나(건장한 한국 청소년에게는 도마뱀보다 바퀴벌레를 치우는 게 차라리 더 나았던 모양이다) 아이가 없을 때 학교 측에 그 문제를 어디에다 이야기하면 되느냐고 물었더니, 환경부 소속 직원을 보내주었다. 기숙사 청소 도우미 아주머니가 몇 번 도와준 적도 있었다. 처리가 어려운 동물의 출현을 뒤처리해준 그들은 생각할수록 고마운 존재다.

대만인들은 자기 업무 매뉴얼에 나오지 않은 일은 일절 하지 않는다. 행정처리를 할 때에도 자신의 업무에 포함되지 않는다고 판단되면 상대의 질문에 아무런 대꾸를 하지 않는다. 평소 주변인이나 외국인에게 아낌없이 친절을 베푸는 대만인들의 모습과는 상반된 모습이기도 하다. 처음에는 이런 부분이 조금은 헷갈렸다. '이 사람은 내가 가지고 있던 쓰레기를 버려준 사람인데, 지금 이 문제 처리에는 왜 이렇게 쌀쌀맞은 태도를 보이는 걸까?'라고 당황하기도 했다. 처음부터 냉정하게 선을 긋는 사람이었다면 어느 정도 예상은 할 텐데, 한없이 따뜻한 인상을 풍기다가도 자기 일이 아니라는 판단이 되면, 상대를 정말 다시는 보지 않을 것처럼 대하기도 한다.

개인 집의 각종 생물체 처리는 경비원이나 청소 도우미의 매뉴얼에 없는 건가, 그래서 나를 돕지 않았나, 생각해보았다. 학교 내에 살 때는 그들의 임무에 기숙사 내부 관리가 포함되어 있었던 건지 아니면 벌레를 보고 기겁하는 외국인이 딱해서 아무런 사심 없이 도와줬는지도 모르겠다. 사실 대만인들에게는 도마뱀을 보고 놀라는 외지인이 조금은 '우습게' 보였을 수도 있었을 것이다.

그날 저녁 무렵, 배구경기장에서 만났던 대만 친구가 라인으로 연락을 해 왔다.

"영미, 도마뱀 처리했니?"

나는 그녀에게 경비원과 청소 도우미와 죽은 도마뱀 이야기를 해주었다. 그녀는 다행이라고 하며 내게 이렇게 말했다.

"만약 처리 못 했다면 내가 내일 아침에 가서 해주려고 했는데…."

그녀의 한마디가 어딘가에서 굳어버렸던 내 마음을 풀어주었다.

"그건 제 일이 아닙니다."

드라마 〈직장의 신〉의 미스 김의 명대사가 떠올랐다.

죽은 도마뱀을 처리하는 일은 경비원의 업무도, 의무도 아니었다. 개인의 일은 각자 알아서 처리해야 했다. 자기가 해야 하는 일은 상대가 해주면 아주 고마운 것이고, 안 해줬다고 해서 서운해할 것은 아니다. 이는 객지 생활에서 도움이 필요할 때, 도움을 거절당할 때, 도움을 받을 때마다 매번 깨닫는 진리였다. 하지만 또 다른 일에 닥칠 때마다 그 진리가 새롭고, 또 새롭게 다가왔다.

그래, 알았다, 나도 알고 있었다.

하지만 도마뱀은 너무 무서웠다. 한 번도 본 적이 없는 아주 크고 단단하고 기이한 색깔의 파충류가 우리집 냉장고 앞에서, 고대 생물체를 시대별로 전시해놓은 박물관에서 볼 법한 자세로 버티고 있을 때는 더더욱 그러했다.

대만살이 팁

대만인들에게 무언가를 문의하거나 부탁할 때 종종 이런 대답을 듣는다.

"메이반파(沒辦法)."

직역하자면, "방법이 없어"이다. 하지만 이는 상황에 따라 "절대 안 돼, 나는 몰라, 알고 싶지도 않아, 그만 좀 물어볼래? 이건 내 일이 아니라고" 등으로 해석될 수 있으니 주의를 요한다.

참고로 내가 대만에서 제일 무서워한 단어 중의 하나가 바로 "메이반파"였다. 이 말을 듣는 순간, 내 질문이나 요구에 대한 답변을 얻지 못한다는 사실을 수긍해야 했기 때문이다.

질문 많은 대만인

대만인들은 자주 "왜?"라고 묻는다.

중국어의 "爲什麼(웨이선머, 왜)?"를 들으면 솔직히 불편하다. 이유는 다음과 같다.

첫째, "왜?"라는 말을 듣고 난 후에는 "왜냐하면" 등의 접속사를 써서 긴 문장을 구사해야 한다. 길게 말해야 할 땐 일단 외국어 영역을 담당하는 두뇌 회로가 복잡해진다.

둘째, "왜?"라는 질문에 제대로 대답해줄 말이 없다. "왜 한국인들은 노래 부르는 걸 좋아해?"라고 물으면 한국인은 원래 조상 대대로 노래를 즐겨 불렀다고 해야 할 것 같았고, "왜 한국인들은 축의금을 흰 봉투에 넣어?"라고 묻는다면, 우리는 원래 결혼식에도 흰색 봉투에 돈을 넣는다고 말해야 할 것 같았다(대만에서 흰색 봉투는 장례식에서만 쓰인다. 결혼식에는 빨간 봉투를 준비해야 한다).

셋째, "왜?"라는 말은 뭔가 따지려는 말투같이 들린다. "그게 뭐야? 난 이해가 안 돼. 말도 안 돼." 등이 이미로 들릴 때가 있다. 만약, 내가 친구에게 "난 소지섭이 좋더라"(소지섭은 대만 30대 이상 여성의 이상형이다. 모임에 나가면 대만 학부모들은 내게 소지섭의 근황을 묻는다)라고 말했는데, 그 말을 들은 친구가 눈을 동그랗게 뜨고 "왜?"라고 묻는다면, 그것은 마치 "난 네가 소지섭을 좋아하는 이유를 알 수가 없다"라는 의미처럼 들리기 때문이다.

爲什麽? vs 왜?

밑도 끝도 없이 문장 내에 아무런 추가 단어 없이 "왜?"라는 단어 달랑 하나 넣어 물어보면 순간 얼굴색이 변할 때가 있다. 한국인으로서, 한국인의 화법과 예절과 사회적으로 용인될 만한 언어에 대해 오랜 사회생활을 통해 터득하고 체득한 올바른 문장 목록에 "왜?"는 없었다. 여기서 "왜?"란 호기심이나 궁금증을 총칭하는 표현이 아닌, 말 그대로 그냥 "왜?"이다. 이 말을 들으면 나도 모르게 예민해진다. 특히, 한 나라의 문화에 대해 "왜?"라고 묻는다면 그들은 대부분 기대했던 대답을 듣기는커녕 상대의 기분을 상하게 할 가능성이 높다고 알려주고 싶기까지 하다.

사실 나도 그들에게 왜냐고 묻고 싶을 때가 있었다.

대만에서 보자마자 깜짝 놀란 음식을 접했을 때였다. 율무, 녹두, 팥 등이 들어 있는 잡곡밥이나 고구마, 토란 등과 함께 작고 동그란 떡이 달콤하고 차가운 물 속에 통통 불어 떠 있는, 죽도 밥도 아닌 음식이었다. 먹어 보니 맛은 괜찮았다. 그러나 그 음식을 숟가락으로 떠먹으면서 내내 어색한 느낌을 지우기 어려웠다. 잔뜩 불린 잡곡밥을 찬 설탕물에 풀어 먹는 기분이었다. 대만인들은 그것을 '디저트'라고 불렀다.

특히 대만인들의 녹두 사랑은 남다르다. 시원한 녹두탕은 기본이고, 일명 버블티로 알려진 전주나이차 안에 전주[진주 (珍珠), 버블]가 들어가는 것처럼, 녹두알갱이가 들어 있는 음료도 있었다. 한국식 식혜쯤으로 이해해야 하는지 아니면 곡식 알갱이를 빨대로 빨아들이는, 쉽지 않은 능력을 선보여야 하는 음료인지 살짝 난감해지기도 했다. 그런 음료를 볼 때에도 그들에게 묻고 싶었다.

"왜 녹두가 알알이 달달한 음료 안에 떠다니지?"

하지만 묻지 않았다. 그냥 뜨거운 죽은 식사, 차가운 죽은 간식이라는 그들의 정의를 따르기로 했다.

어느 날이었다. 친구와 비슷하기도 하고 다르기도 한 대만과 한국 음식들에 대해 이야기 하다가 내가 말했다.

"한국에서는 팥밥, 율무밥 등을 해 먹어."

그 친구는 고개를 갸웃하며 어김없이 물었다.

"왜?"

사실 이 질문은 내 쪽에서 먼저 해야 했다. 대만인들은 왜 잡곡밥을 차가운 설탕물에 풀어 먹느냐고. 그러나 묻지 않았다. 그것은 분명 대만 특유의 음식 문화이며, 특히 날이 덥고 습한 남부지역 사람들은 유독 음식을 달게 먹는 습성이 있어서 그럴 것이라 이해했다. 덧붙여, 더운 날에 나 같으면 차라리 찬물에 밥을 말아 그 위에 오이지를 얹어 먹겠다고 알려주고 싶기도 하고, 대만인들은 다른 찬 음식은 잘 먹으면서 냉면은 왜 그렇게 싫어하느냐고 묻고도 싶었으나(주변의 대만인들은 '냉면'이라는 말을 들으면 고개를 절레절레 흔들며 어떻게 면을 차가운 물에 담가 먹느냐고 했다), 우리와 먹는 방식이 달라 쉽게 받아들이기 어렵다고 해서 왜 그걸 먹는지 물으면 안 된다고 생각했다. 그래서 참고 묻지 않았는데, 한국에서 팥밥과 율무밥을 먹는다는 내 말에 그녀가 먼저 물은 것이다. 왜냐고.

하루는 아이가 친구들에게 한국인들은 매일 김치를 먹는다고 했더니 대만 출신 친구가 그랬단다.

"왜?"

사실 나도 그와 비슷한 말을 들은 적이 있다. 오랜 기간 한국어를 배운 학생과 함께 한국식당에 갔을 때, 대만의 한국식당에서는 김치를 돈을 주고 주문해야 한다는 사실에 놀랐다. 한국에서는 매일 김치를 먹으며 식당에서도 무료로 준다고 그 학생에게 말했더니 그는 한국어로 내게 물었다.

"왜요?"

중국어가 아닌 한국어로 물었기에 나는 그 학생에게 정확하게 말해주었다. 한국어로 말할 때에는 왜, 라는 말은 주의해서 써야 하고, 한 나라의 문화와 관련된 이야기에서는 더 조심해야 한다고.

내 경험을 학생들에게 알리고 그들과 함께 이 문제에 대해 이야기를 나누어보았다. 학생들은 그에 맞는 자신의 경험담을 꺼내놓았다.

중국어로 대화할 때 듣기에 다소 불편한 말이 있다. 그것은 바로 "왜?"이다. (중략) 한국어의 왜, 는 중국어의 그것과 어감이 다르다. 가령 한국인끼리의 대화에서는 "그 연예인은 왜 인기가 많지?"보다는 "그 연예인이 인기가 많은 이유가 뭘까?"라고 풀어서 묻는다. 그냥 왜냐고 묻지 않는다. 그렇게 물으면 듣는 사람이 좀 당황해할 수도 있다. "왜?" 이것은 중국어의 특징인지 아니면 대만사람들의 대화 습관인지 아직 잘 모르겠다. 나는 아직도 한국어로도 중국어로도 "왜?"라는 말을 들으면 깜짝 놀란다.

학생들은 내 글을 읽고 '한국인과의 불편했던 대화'에 대해 써보았다. 나는 그들의 글을 읽으며 잠시나마 마음의 안정을 찾았다.
다음은 나의 생각에 공감한, 어쩌면 대한민국 젊은이들의 마음까지도 헤아려준 학생 글의 일부이다.

대만사람들이 "왜?"라는 말을 자주 하는 것을 인정한다. 설 연휴 때 어른들은 항상 "왜 아직 결혼 안 했어?" "왜 취직 안 했어?" 이런 질문을 한다.

한 학생은 아래와 같은 글을 썼다.

한국 친구가 "나는 혁오가 좋아."라고 했다. 나는 친구에게 물었다. "왜?" 친구는 이렇게 말했다. "그냥." 나는 그 말을 듣고 조금 슬펐다. 대답이 너무 간단했고, 친구는 이유를 설명해 주지 않았다. 대만사람은 혁오를 좋아하는 이유를 설명한다. 그래서 나는 이렇게 생각했다. "그 친구는 나와 이야기하고 싶지 않아."

어쩌면 대만인이 "왜?"라는 질문을 좋아하는 것만큼 한국인은 "왜?"라는 질문에 답변을 하는 데 익숙하지 않은 것은 아닐까? 대만인들이 왜냐고 묻는 건 습관화된 화법이고 누구에게나 용인된 질문이며, 그 질문에 친절하게 이유를 설명해주는 것은 듣는 사람의 의무 같은 것일까?

이제는 설탕물에 담긴 죽이 어색하지만은 않다. 심지어 대만 친구에게 그 음식을 만드는 법도 배웠고, 곧 시도해볼 예정이다. 차가운 녹두죽(일명 녹두탕)을 푹푹 퍼먹듯이 "왜?"라는 말도 그냥 받아들이면 좋으련만 아직은 그게 잘되지 않는다. 외국어를 외국인의 사고로 받아들이는 일은 결코 식은 죽 먹기가 아니다.

대만살이 팁

대만인들은 질문이 많다. 마트에 가서 샴푸를 하나 사더라도 점원을 불러 이 제품과 저 제품이 어떠한 면에서 어떻게 다른지를 묻는다. 그러면 점원은 고객의 질문에 모두 친절하게 대답해준다.

대만학교에 있을 때 종종 학교 측으로부터 공지사항 및 안내문 등의 메일을 받았는데, 그 내용이 너무 상세해서 머리가 아플 때도 있었다. 일시, 장소, 내용 등만 알려주어도 되는데, 그들은 아주 사소해 보이는 사항까지도 안내문에 적는다. 이는 질문이 많은 대만인을 위한 배려일지도 모른다.

나 또한 과제 하나만 내주어도 학생들의 질문 공세를 받곤 했다 (대만 학생들은 수업시간에 질문하지 않고, 수업이 끝나면 앞으로 줄지어 나와 질문했다). 한두 학기 지나다 보니 학생들의 FAQ를 알고, 미리 그 내용을 함께 정리해 과제를 안내하게 되었다.

동성결혼 합법화

첫눈에 반하다.

한국어회화 수업에서 이 표현을 배우던 중이었다.

"누구를 보고 첫눈에 반했어요?"

동해, 규현, 신동, 희철, 성규, 지민, 정국, 우지, 박보검, 박서준(대만인들의 슈퍼주니어 사랑은 연령과 관계없이 여전히 진행 중이다)….

학생들이 돌아가며 한국 오빠의 이름을 줄줄 대고 있을 때였다. 평소 조용하면서도 잘 웃던 한 여학생이 제 순서에도 대답을 하지 않고 있었다. 나는 그녀를 향해 다시 물었다.

"누구를 보고 첫눈에 반했어요?"

그러자 그녀는 이렇게 대답했다.

"없어요."

그녀는 내 질문의 의도를, "한 남자를 보고 첫눈에 반한 적이 있어요?"라고 받아들였을 것이다. 그러니 남자에게 사랑을 느낀 적이 없었던, 솔직하기만 한 그녀는 대답을 할 수 없었을 것이다.

가끔은 교사의 의도와 상관없이 수업 분위기가 흘러갈 때가 있다. 그 누구도 직접적으로 언급하는 일이 없어도 가끔씩 수면 위로 떠오르는 무언가가 있는데, 그날의 화두는 바로 동성애였다.

2017년 11월 대만에서 이루어진 동성혼 찬반 투표에서는 찬성이 과반수를 넘지 않았다. 예상 밖의 결과라며 좌절하고 분노한 사람들이 시내에서 무지개 깃발 퍼레이드를 열었다. 일요일 오후에 지하철역을 지나던 나는 그 장면을 직접 목격했는데, 정체된 차량들이 인내심을 갖고 그들의 행진을 바라보는 모습을 카메라에 담으려다가 말았다.

대만에 처음 갔을 때 많이 들은 말 중 하나가 바로 "대만에는 동성애자가 많다"라는 것이었고, 그들은 그 뒤에 꼭 다음 말을 붙였다.

"딱, 보면 알 거야."

짧지 않은 시간 동안 다양한 사람을 만나면서 상대가 동성애자인지 감으로 알 수도 있었지만 그보다 더 놀라운 사실은, 그들은 스스로 자신이 동성애자라고 이야기한다는 점이었다.

수업시간에 "나에게는 첫눈에 반한 사람(남자)이 없어요", "나는 지금 여자친구가 없어요", "(옆 친구를 가리키며) 나는 그녀와 사귄 적이 있어요"라고 말하는 여학생들도 있었디. 캠퍼스에서 동성커플이 애정표현을 하는 모습도 어렵지 않게 볼 수 있었으며, 가슴이 돋보이지 않게 해주는 속옷을 갖춰 입고 남성처럼 보이려고 애썼지만 그 노력이 무색하게도 여성처럼 보이는 이들도 적지 않았다.

한 남학생은 다른 친구 세 명과 함께 한집에 살았는데, 남성 네 명 중 두 명이 동성애자라고 했으며, 서로 애인 사이는 아니라고 했다. 그는 덧붙여 자신은 동성애자가 아니지만 동성애자와 한집에 살아서 불편한 점도 없다고 하며 다음과 같이 말했다.

"나는 그들의 스타일이 아니니까요."

생각보다 명쾌한 대답을 듣고 웃어넘겼던 것도 같다.

다양한 국적의 동성애자를 만나긴 했지만, 그것은 어디까지나 만난 데 그친 것이 아니었을까. 동성애자의 사랑, 사랑을 위한 요구와 쟁취를 일상생활에서 직접 목격한 것은 바로 대만에서가 처음이었다.

대만 영화에서도 동성애를 종종 다루는데, 〈카페, 한 사람을 기다리다(Cafe, Waiting, Love, 等一個人咖啡)〉의 다음 대사가 기억에 남는다.

"'둥둥둥'이 없어."

남자를 봤을 때 가슴이 뛰지 않았다는 여자의 말이었다.

〈여친남친(GFBF, 女朋友男朋友)〉에서도 동성애를 다루는데, 동성애만으로 영화의 내용을 해석하기는 어렵다. 대만 내 시대의 격돌을 이해할 수 있는 수준 높은 영화인데, 안타깝게도 한국어로 번역된 제목에서 그 가벼움을 지우기 어렵다. 이 영화는 대만을 이해하고 싶어 하는 사람들에게 적극적으로 추천하고 싶다. 이 영화의 배경은 가오슝이다.

대만 문학에서도 동성애를 다룬다.* 특히 웹소설의 주류 장르는 로맨스물인데 그중 눈에 띄는 것은 '동성애 코드'다. 문학작품이나 영화의 경우 동성애를 전면에 내세우지 않아도, 스토리 속에 동성애 관련 장면이나 암시가 등장하고는 한다. 대만을 대표하는 작가 주톈원(朱天文)은 남성 동성애를 소재로 한 『황인수기』를 발표했다. 이 책은 한국에서도 번역 출간되었다(김태성 옮김, 아시아 펴냄). 주톈원은 이 작품을 1994년에 썼다. 다만 작가는, 보수적인 대만 사회의 동성애에 대한 인식 때문에 작품 속 주인공의 실제 모델로부터 자신의 이야기를 듣기까지는 5년 남짓의 시간이 걸렸다고 인터뷰에서 밝히기도 했다.

현재 대만은 달라졌다. 차이잉원(蔡英文) 대만 총통도 성소수자 합법결혼을 지지한다. 이처럼 대만인들의 동성애에 대한 인식은 한국과 사뭇 다르다. 대만도 유교 사상의 영향이 짙은 동아시아 국가지만 연령, 성별, 지위 등에 대한 사회적 통념은 한국과 상당한 차이가 있다. 동성애 문제가 대표적이다.

* 조영미, 「대만 문학의 현주소-대만의 웹소설」, 『계간 아시아(ASIA)』, 2017년 여름호 참고.

'동성결혼법 위헌여부' 심리가 드디어 통과되어 대만 최고 법원이 동성결혼 금지 관련 법안을 위헌 판결한 결과, 대만은 2019년에 아시아 최초 동성결혼합법국가가 되었다.

대만살이 팁

주바다오(九把刀)는 대만의 대표적인 작가이자 영화감독으로 오늘날 대만을 대표하는 소설가로 꼽힌다. 대표 작품으로는 〈그 시절 우리가 좋아했던 소녀(那些年, 我們一起追的女孩, You are the apple of my eye)〉가 있다. 한국에서 개봉될 때 '대만판 〈건축학개론〉'으로 불린 영화로, 누구나 간직하고 있는 첫사랑과 학창 시절의 추억이라는 키워드로 관람객들의 공감을 불러일으켰다. 나는 대만에 가기 전 이 영화를 보고 대만의 일상 문화와 대만인들의 사고방식에 대해 배웠다.

3장

조 선생의 한국어 교실

한국어를 한국어로 가르치는
전문가입니다만

장은진의 단편소설 「외진 곳」에는 다음과 같은 이야기가
나온다.

"현지에서 아르바이트를 하며 일본어를 더 익히는 것도 나
쁘지 않을 것 같고, 봐서 정규직 자리를 구해도 괜찮고. 정
힘들면 한국어를 가르쳐도 되고."

한국에서 취업에 어려움을 겪는 젊은 여성이 일본행 결심
을 이야기하는 부분인데, 이 소설에서 '진취적'인 여성으로
묘사된 그녀는 이렇게 말했다. "(일본에서) 정 힘들면 한국어
를 가르쳐도 된다"고.

만약 이 여성이 정규직 자리를 못 구해서 어쩔 수 없이 한
국어나 가르치며 먹고살 계획을 세웠다면 나는 그녀에게 이
렇게 조언할 것이다.

"정식으로 한국어를 가르치고자 한다면 한국어 교원 자격
증이나 학위 소지를 권합니다."

만약 자격증이 없다면 한국어 교육 경험을 증명할 수 있어
야 할 것이다. 한국인이라는 이유만으로 친구나 한국어에 관

심이 있는 성인들을 가르치기를 꿈꾼다면, 영 안 되는 것은 아니겠지만 그 일이 친분 관계 도모를 넘어 생계를 꾸릴 수 있을지는 장담할 수 없다. 결론적으로 말하자면, 해외에 나가 이것도 저것도 안 되는 상황에서 마지막 보루로 얻을 수 있는 직업이 적어도 한국어를 가르치는 일은 아니라는 것이다. 한국어를 가르치는 것은 한국인이라는 이유로 또는 외국어 하나쯤 구사할 줄 안다는 이유로 아무런 준비나 고민 없이 선택할 수 있는 일이 결코 아니다. 한국어 교사는 엄연히 전문가이기 때문이다.

한국의 교육기관에서는 기본적으로 한국어를 한국어로 가르친다. 이러한 이유로 '한국어를 한국어로 가르치는 일'을 아주 쉽고 간단하게 생각하는 사람들이 많다. 실제로 "그렇게 쉬운 직업이 있으면 나도 하겠다", "집에서 놀면 뭐 하니? 한국어 가르치는 일이나 해볼까?"라고 말하는 이들도 있었다. 나는 그들에게 이렇게 말해주고 싶다.

"한국어를 한국어로 가르친다는 것은, 학생들의 한국어 수준을 정확히 파악해야 한다는 말이고, 그들의 수준에서 할 수 있는 어휘와 표현, 문법을 이미 단계별로 숙지한 뒤 가르친다는 뜻입니다. 아는 말을 아는 대로 와르르 쏟아내 한국어를 가르칠 수 있다면 정말 당신도 하겠지요. 하지만 우리 교사들은 이 일을 위해 몇 년간 비싼 학비를 내고 학위를 받은 후 많지 않은 시급을 받으며 오랜 기간 시간을 투자해 기술을 숙련했을 뿐만 아니라 국적별로 다양한 문화 차이까지 배워온 전문가들입니다."

한국어 교육의 역사는 결코 짧지 않다. 연세대학교 한국어학당이 1959년대에 문을 연 이래 현재까지 활발한 교육을 하고 있다. 90년대 외국 유학생들의 국내 유입과 한류 열풍에 힘입어 한국어 교육에 대한 관심이 높아지면서 국내 대학에는 한국어교육기관이 속속 개설되었으며, 전문적인 한국어 교사를 양성하기 위한 대학 내 학부, 석사, 박사 과정도 개설되었다. 나는 학부에서 국어국문학을 전공했고, 2000년에 한국어교육학 석사, 2012년에 한국어교육학 박사학위를 받았으며 한국어 교원 1급 자격증을 가지고 있다. 국립국어원에서 지정한 교육 과정을 모두 이수했을 경우, 한국어 교육 전공자라면 한국어 교원 2급이나 3급 자격증을 받게 되며, 2급을 획득한 후 후 법정 교육기관에서 5년 동안 2,000시간 한국어 교육을 담당하면 심사를 통해 한국어교원 1급 자격증을 받게 된다.

물론 자격증이나 학위를 넘어선, 훌륭한 자질을 갖춘 교사가 있다면 참으로 반길 일이다. 나는 실제로 그러한 이들과 함께 일하기도 했다. 뿐만 아니라 해외에서는 전공을 불문하고 오랜 시간 현지의 한국어 교육을 위해 애쓴 분들도 많다. 한국어 교육의 불모지에서 교육을 시작한 그들의 도전과 용기가 없었다면 현지의 한국어 교육이 자리를 잡는 일은 불가능했을지도 모른다. 그들의 오랜 경험과 노고는 학위나 자격증을 능가할뿐더러 무엇보다 그들이 한국어 교육을 시작할 당시에는 교원 자격증 제도가 없었을 것이다.

한국어 교원 자격증 제도는 2005년에 시행되었다. 한국어 교육학으로 석사학위를 받은 나도 졸업 당시에는 자격증이 없었다. 그리고 한국어 교육 현장에 오래 있었다는 사실만으로도 나의 경력이 충분히 증명될 것이라고 믿었기에 2010년까지도 자격증 신청을 하지 않았다. 나는 이 일을 두고두고 후회했다. 2005년에 신청했더라면 5년 뒤에 1급을 받았을 텐데, 나는 그 필요성을 인지하지 못해 2010년 이후 신청을 하고서야 2급을 받았다. 그 이후 2,000시간 수업시간을 쌓아 가는 길은 예전만큼 쉽지 않았으며, 대만에서 돌아온 2019년에야 1급을 받았다.

최근에는 현장에서 한국어 교원의 자격증을 소지한 (예비) 교사들을 선호한다. 자격증과 학위가 없다면 국내 대학 부설 기관이나 학부생, 대학원생의 한국어 강의를 맡기 어렵다. 해외에서도 유사한 경우가 있다. 나는 가오슝 거주 당시 가오슝 세종학당 운영위원으로 위촉되어 일한 적이 있었는데 회의 때마다 운영위원들의 가장 큰 고민은 교사 초빙이었다. 세종학당 교원의 조건은 한국어 교원 자격증 소지자, 한국어 교원 양성과정 수료자, 어문 계열 또는 언어 교육 학사 학위 이상으로 한국어 교육 경력 최소 1년 이상인 자 중 1가지 이상을 반드시 충족한다. 였는데 그 조건에 부합하는 사람을 찾기가 생각보다 쉽지 않았다. 기나긴 해외 생활로 비공식적으로나마 오랜 시간 한국어를 가르쳐온 사람들은 안타깝게도 세종학당의 한국어 교원으로 근무할 수 없었다. 뿐만 아니라 대만 현지에서 늘어나고 있는 학원에서도 한국어 교원 소지자를 선호하고 있었다.

물론 해외에서의 한국어 교육 상황은 국가나 기관별로 차이가 있다. 다만 나는 대만의 예를 들어 한국어 교원을 꿈꾸는 사람들에게 보다 현실적인 조언을 해주려고 하는 것이다. 국내외의 젊은 인재들이 해외에서 한국어를 가르치는 일을 하고 싶은데 방법을 잘 몰라 헤매고 있다며 조언을 구할 때마다 나는 그들에게, 정말 한국어를 가르치는 일을 하고 싶다면 일단은 한국어 교원 자격증 획득 방법을 알아봐야 한다고 알려주었다. 그래야 국내에서 경력을 쌓거나 해외파견 프로그램에 신청할 수 있는 자격요건을 갖추게 되기 때문이다.

자, 이제는 내가 대만의 한 대학에서 어떻게 한국어를 가르쳤는지 그 '실전'을 이야기할 차례이다.

대만살이 팁

대만에는 타이베이와 가오슝에 각각 세종학당이 설립되어 있으며, 이곳에서는 현지인들의 한국어 문화 교육을 돕는 업무를 맡고 있다. 다음은 세종학당 누리집에 명시된 소개 내용이다.

"세종학당재단은 국외 한국어 교육과 한국문화 보급 사업을 총괄하기 위해 설립된 문화체육관광부 산하 공공기관입니다. 외국인들을 대상으로 한국어와 한국문화를 알리고 한국에 대한 외국인들의 관심이 한국에 대한 이해와 사랑으로 자라날 수 있도록 노력하고 있습니다." - 「국어기본법」 제19조의 2에 근거하여 설립.

세종학당 누리집 주소 https://www.ksif.or.kr/

한국어 교원 자격에 대한 안내는 국립국어원 누리집을 참고할 수 있다. https://kteacher.korean.go.kr/home.do

한국어, 대만에서 어떻게 가르칠까?

배우 염혜란은 한 방송에서 "연기를 하지 않을 때 연기를 가장 잘한다"고 했다. 그녀가 생각하는 이상적인 연기는 내가 지향하는 수업 방식과도 크게 다르지 않다.

"가르치되 가르치지 않는다."

이것이 나의 한국어 교수 원칙이다. 연기할 때도, 수업할 때도 그 순간과 장면에 맞는 말과 표정, 몸짓이 보고 듣는 이에게 가장 정확히 전달되기 때문이다.

나는 대만에서도 한국어를 한국어로 가르쳤다. 초급, 일명 가나다반의 교수-학습 과정에는 학습자의 모국어가 더더욱 필요가 없다. 학생들은 내 입을 보고 소리를 듣고 따라 하면 된다. 교수자는 "자, 여러분 모음 'ㅏ'는 양성 모음으로서…"라는 말을 할 필요가 없다. 나는 설명을 최소한으로 줄이고 그 단계에서 가장 잘 배울 수 있는 말을 가르쳤다.

물론 학습 단계나 가르치는 과목에 따라 한국어 사용 정도를 달리할 수 있고, 교사의 무국어에 따라서도 수업 중 매개 언어가 바뀔 수 있다. 나는 학생들이 그 단계에서 배워야 할 포인트를 잡고 반복적인 연습을 하게 하는 일에 불필요한 언어나 설명은 하지 않았다. 그럼에도 불구하고 학습자의 언어가 절실히 필요할 때는 분명 있었다. 수업 외적인 부분이었다. 이때 수업 외적이라는 말은 교수-학습 내용과 벗어나는 상황을 말한다. 예를 들면, 학생의 개인적인 사정으로 인한 결석이나 심리적, 신체적 장애로 인한 어려움 등이다. 한 학기에 400명 가까이 되는 학생들을 만나다 보니 예상하지 못한 일이 종종 일어났다. 한국어 학습 과정이나 계획 등 소소한 문제라도 학생들이 필요로 할 경우, 나는 개인적으로 그들을 도와야 했다. 문제는 이 과정에서 그들과 나 사이에 원활히 의사소통이 되느냐였다. 나는 수업을 듣는 학생들과 무리 없이 소통할 수 있어야 했다. 하지만 내 중국어 실력으로는 학생들의 마음까지 살피는 일이 쉽지 않았다.

그리하여 나는 한 학기에 조교를 서너 명 뽑았고, 과목별로 반장을 선발했다. 선발 기준은 한국어 능력이었다. 사실 첫해에는 내가 선발하고 말 것도 없이, 나를 돕겠다고 하는 조교가 있다는 사실만으로 감사했다. 다행히 그해에 너무나도 훌륭한 조교들을 만났다. 그들이 없었다면 내 대만 생활은 전반적으로 흔들렸을 것이다. 두 번째 해부터 한국어 능력을 위주로 직접 조교를 선발했다. 그런데 한국어 능력과 책임감은 비례하지 않았다. 시행착오 끝에 그다음 학기부터는 한국어 능력을 갖추되, 기대보다 조금은 부족하더라도 성실하고 봉사 정신이 강한 학생들을 선발했다.

조교들은 다른 학생들에 비해 나와 시간을 보내거나 한국어로 대화할 기회가 많았다. 그들은 청소년기부터 자발적으로 한국어를 배운 이들이었다. 나는 그들의 한국어에도 주의를 기울이기 시작했다. 대체로 오랜 시간 한국어 공부에 시간을 투자한 만큼 한국에 유학을 가거나 한국 회사에 취업하고 싶어 했다. 하지만 학교에는 한국어과가 없었고 학생들이 진로를 고민할 때 적절한 가이드를 제공해줄 인력도 부족했다. 내가 학생들과 함께 그들에게 맞는 한국의 대학교를 일일이 찾아보는 수밖에 없었다. 그러나 나는 일본어과 소속으로, 학생들의 한국 유학이나 진로를 공식적으로 알아보는 위치에 있지 않았으므로 학생들을 돕는 일을 제한적으로 할 수밖에 없었다. 답답했다.

시간이 흐를수록 조교들뿐만 아니라 일반 학생들도 한국어 학습과 진로 때문에 고민하고 있다는 사실을 알게 되었다. 특히 고등학생들의 고민이 컸다. 나는 그 사실에 주목하기 시작했다.

내가 근무했던 학교에는 고등학교 과정도 함께 있었다. 대만의 학제에는 한국과 크게 다른 부분이 있는데, 바로 5년제 과정이다. 고등학교 3년과 대학 2년을 합친 과정으로 학생들은 5년 과정을 마친 뒤 해당 학교에 남아 대학 3, 4년 과정을 이어가거나 다른 학교로 편입을 한다. 그 학교는 대만 유일의 외국어대학이었는데, 그곳의 5년제 과정은 한국의 유명 외고와 비슷한 수준으로 학업 능력이 뛰어나며 외국어에 재능이 있는 학생들이 들어갔다. 5년제 과정에도 한국어과는 없을뿐더러 고등학생들은 대학생이 듣는 수업을 공식적으로 들을 수 없는 상황이었다.

한국어의 인기에 힘입어 그 학교의 고등학생들이 한국어 수업을 듣겠다고 나를 찾아오는 일이 생기기 시작했다. 나는 그들을 청강생으로 받았고, 몇 해가 지나 그들은 한국어 실력을 갖춘 대학생이 되었다. 그다음에는 5년제 과정을 마치고 어느 대학에 가서 공부할지 고민하기도 했다. 그들은 한국어 학습을 지속하고 싶어 했고, 한국 유학을 계획하기도 했다.

대만 고등학생들의 한국어 학습은 사실 오래전으로 거슬러 올라간다. 대만에서는 2005년 처음으로, 고등학교에 제2외국어인 한국어 과정이 신설되기 시작했다. 일본어에 비해 턱없이 적었지만, 상승세를 보자면 결코 무시할 수 없는 수준이었다. 2009년까지만 해도 제2외국어로 한국어를 개설한 고등학교는 10개에 불과했지만 최근 매우 빠른 속도로 증가하여 2019년에는 60개 이상의 고등학교에서 8,000명 이상이 한국어를 배웠다.[*]

---

[*] 박병선(2019), 「대만의 한국어 교육과 문화 교육」, 『Journal of Korean Culture』 45, 85-104쪽.

우리가 대만의 한국어 교육에 주목해야 하는 이유가 바로 여기에 있다. 한국어와 한국문화에 대한 대만인들의 관심이 폭발적으로 증가하고 있고, 청소년기부터 자발적으로 한국어를 학습하는 학생들이 많다는 점, 한국어 학습을 계기로 한국 유학과 한국 회사 취업을 구체적으로 계획하는 학생들이 증가하고 있다는 점을 간과해서는 안 된다. 이들을 위한 한국어 문화 교육이 체계화되어야 할 것이다.

우리, 대만의 청소년들과 함께할 방법을 찾아야 한다.

대만살이 팁

대만의 한국어능력시험으로는 토픽(TOPIK, Test of Proficiency in Korean)이 대표적이다(https://www.topik.go.kr/usr/cmm/index.do 참고).

대만에서의 한국어 교육에 대한 관심은 한국어능력시험(TOPIK) 응시자를 통해서도 알 수 있다. 절대 수로는 중국이나 일본보다 적지만 인구를 비율로 보자면 6%로 세계 3위에 해당된다. 응시자의 연령은 10대에서 60대까지 폭넓다. 현재 타이베이와 가오슝에서 한국어능력시험을 칠 수 있다.

대만의 한국어 교실

학기가 시작됐다.

교양과목에 해당하는 과목으로는 〈한국어 1, 2, 3, 4〉가 있다. 〈한국어 1〉은 일명 '가나다반'으로, 이 반 학생들은 기초부터 배운다. 정원은 50명.

외국어 수업에서 학생이 20명을 넘으면 지도가 힘들어진다. 제한된 시간과 공간뿐만 아니라 학생들의 수준이나 학습 향상도가 다르다는 점을 고려한다면, 50명의 학생을 가르치는 일은 사실상 너무 어렵다. 게다가 퀴즈 채점, 숙제 검사, 학생 상담 등 교사가 기본적으로 학생들을 챙겨야 하는 상황까지 고려하면 그 많은 학생을 감당하는 일은 솔직히 힘에 부친다.

대만 내 한국어의 인기는 날로 높아지고 있다. 나는 그것을 학기가 바뀔 때마다 실감했다. 내가 가르치는 〈한국어 2〉는 1차 수강 신청에서 50명 정원에 120명가량이 등록했다. 수업을 들을 수 있는 학생보다 들을 수 없는 학생이 더 많았다. 〈한국어 1〉은 한국어 수강을 원하는 학생들이 지난 학기보다 증가한 만큼 5개 반에서 6개로 늘어났다.

그뿐만이 아니었다. 교사가 허락한다면, 50명 이상 학생을 받을 수도 있었다. 그 때문에 학기 초가 되면 학생들은 한국어 수업에 추가 수강생으로 받아달라며 수강 추가 등록지를 들고 와 내 사인을 받아 가려 했다.

처음엔 그 상황에 어떻게 대처해야 하는지 난감해서 동료 교사에게 학생들을 어느 정도까지 추가로 받으면 되는지를 물었더니 그녀는 이렇게 답했다.

"알아서 하시면 돼요."

대만에서 내게 제일 어려웠던 일은, 바로 '알아서 하는 일'이었다. 알아서 하려면 우선 뭘 "알아야" 했다. 그런데 나는 아무것도 알지 못했다. 모든 것이 처음이었다. 그래도 "알아서 하기 위해" 아래와 같은 기준을 정했다.

1. 첫 수업에 꼭 와야 한다.
2. 오리엔테이션에 참가해서 한 학기 동안 수업이 어떻게 진행되는지 확인한 뒤 결정하기를 권한다.
3. 무엇보다 본 강의는 중국어로 하지 않는다. 한국어로만 진행하는 강의에 불편함을 느낀다면 본 강좌의 선택을 다시 한번 생각해봐야 한다.

한국어로 진행하는 한국어 수업은 대만 학생들에게 생경

했을 것이다. 나에게도, 그들에게도 도전이었다. 사실 중국어가 짧은 선생과 한국어를 갓 배운 학생들 간의 만남에서 더 낯설고 불편한 쪽은 학생들이었다. 낯선 언어와 외국인 선생을 대하며 학습 불안감이 고조될 수 있기 때문이었다. 나는 세 가지 기준에서 그러한 상황을 미리 알렸을 뿐이었다. 그럼에도 불구하고 내 수업을 들으러 오는 학생들은 생각보다 훨씬 많았다. 학생들이 내 수업을 들으려 했던 이유를 이 글을 읽는 많은 사람이 함께 찾아주었으면 한다.

나는 수업 수강 기준을 충족한 학생들을 감당할 수 있는 선에서라면, 조금이라도 더 많이 받으려고 했다. 수업에 협조적이고 학습동기가 강한 학생들이라면 조금 더 불러들일 수도 있었다. 중학교 때부터 한국어가 너무 좋아 혼자 공부하다가 대학에 와서 드디어 한국어 수업을 듣나 싶었는데, 수강 신청에 번번이 실패하는 바람에 몇 학기째 수업을 못 들었다는 학생들도 있었기 때문이다. 그런 학생들에게는 가능하면 수강 기회를 주고 싶었다.

〈한국어 1〉 첫 수업 때였다.

학생들이 80명 넘게 와 있었다. 50명은 명단에 있었으나, 나머지 학생은 명단에 없었다. 적어도 8명의 학생은 추가로 받자고 결심하고 방법을 모색했다. 나에게 먼저 메일을 보내 수강을 문의한 학생에게 우선순위를 주기로 하고 그 학생들을 불러냈다. 수업에 대해 무엇을 알고 왔는지, 무엇을 공부하려고 하는지, 두 가지를 20초 동안 중국어로 말하라고 했다. 짧은 면접이었다.

학생들은 의외로 대답을 잘했다. 다행히 나는 한 학기 정도 대만 학생들을 가르치다 보니 '학습자들의 한국어 학습 동기'에 대한 내용을 중국어로 이해할 정도가 되었다. 그래도 혹시 몰라 첫날 함께 한 조교 세 명과 함께 내용을 듣고, 내가 이해한 내용이 맞는지 확인했다.

마지막으로 기운이 없어 보이는, 체구가 작고 얼굴이 하얀 학생이 내게 다가왔다.

"저는, 저는…"

어렵게 입을 떼는 그녀에게 다시 물었다.

"이 수업을 왜 들으려고 하죠?"

그녀는 작은 목소리로, "발음이랑 기초를 배우고"라는 말만 반복했다. 다른 질문에 대답을 하지도 않고 한국어를 들어야겠다는 열정도 보이지 않았다. 결국, 그 학생은 추가 수강생으로 받지 않기로 했다. 그 학생은 자리로 돌아가 주섬주섬 책을 챙기고는 자리를 떴다. 그러자 맨 뒤에 있던 한 여학생이 재빨리 앞으로 뛰어와 그 학생의 자리를 꿰차고 앉았다. 가방을 메고 교실 밖을 향하는 학생의 뒷모습을 눈으로 좇았다. 마음 한구석 어딘가가 찜찜했다. 정확한 이유는 알 수 없었다. 이틀 후, 그 학생으로부터 한 통의 메일을 받았디.

선생님께,

저는 이 수업을 신청하고자 하기 전에 왜 수업을 듣고 싶은지에 대해 정확히 알고 있었습니다. 한국어의 기초를 다지고 싶었고, 한국 선생님을 통해 한국문화에 대해 이해하고도 싶었습니다. 하지만 인터뷰를 하는 동안에는 제 생각을 정확히 말하지 못했습니다. 선생님이 기회를 주셨는데 그 기회를 활용하지 못한 건 전적으로 제 잘못입니다. 어려운 결정이었지만, 이 수업을 들을 수 없다는 사실을 받아들이기로 했습니다.

올바른 영어 표현으로 예의 바르게 쓴 이 글을 본 뒤, 곧바로 학생에게 답장을 썼다. 이제야 학생의 진심을 이해하게 됐다고, 그 진심을 진작 이해하지 못해 미안하다고 정중히 사과했다. 그리고 그 학생에게 한국어를 가르칠 수 있는 기회가 다시 왔으면 좋겠다고 했다. 물론, 학생이 한국어를 배우고 싶은 마음을 계속 간직한다면…. 적어도 내가 가르치는 순간에는 배움과 즐거움이 공존하는 시간이 되었으면 한다고 했다. 언어란 타인과 소통을 하기 위해 배우는 거라고, 인간 대 인간을 만나기 위한 과정에서 고통스러워지거나 불편한 감정이 들어서는 안 된다고도 했다.

이것이 나의 철학이라고 스스로 믿어 의심치 않았으나, 결국 배움의 열의를 한 움큼 들고 온 신입생에게 생채기를 주고 돌려보낸 것 같아 마음이 불편했다. 그 불편함의 근원을 조금씩 되짚어 보았다. 그 과정은 더 불편했지만, 피할 수가 없었다.

모든 아이들에게는 저마다의 성장 방식과 속도가 있듯이, 배우고자 하는 열의를 표현하는 방식에도 차이가 있다. 무언가를 열렬하게 좋아하는 아이도 있고, 좋아하는 대상에 조용히 그리고 천천히 다가가는 아이도 있다. 사람마다 성격 차이가 있듯이 열정에도 각자의 색이 있는 것이다.

그러나 나는 그것을 종종 잊는다. '불타오르는' 열정의 방식을 택한 아이들에게 먼저 손을 내민다. 그러다가 천천히, 소리 없이 자신의 열정을 보이며 다가오는 아이들을 미처 보지 못할 때가 생기는 것이다. 이것은 불편한 마음으로 찾은, 내 안의 불편함이 아닐지.

이십 년이나 학생을 가르쳤는데도 "알아서 하시기"에는 아직도 배워야 할 게 너무도 많은 조 선생. 그 학생이 내 진심을 뒤늦게라도 꼭 알아주었으면 한다.

"알아서 하세요."

진지하게 조언을 구했을 때 내게 이런 답변을 주는 사람이라면 다시는 그에게 조언을 구하지 않는 편이 낫다. 나는 대만에서 실제로 이런 식으로 응대하는 이들과는 될 수 있으면 교류를 피했다. 대신 상황을 제대로 파악하지 못한 누군가가 내게 질문을 하면, 그것이 내 경험을 토대로 말해줄 수 있는 부분이라면 이렇게 답해주었다. "A 경우에는 A1 식으로 대처한 경우가 있고, B 경우에는 B1 식으로 대처한 경우가 있었습니다. 물론 결정은 당사자가 해야 하고요."

또한 조언이란 상대가 진심으로 요청할 때 해야 하며, 섣불리 조언해서는 안 된다고 강조하고 싶다. 섣부른 조언은 조언을 가장해 상대를 조장하려는 숨겨진 심보일 수 있다고 생각한다. 특히, "이렇게 하는 게 당신에게도 좋습니다."라는 말은 대부분 나에게 좋지 않은 말이며, 오히려 해가 될 수도 있다.

한국 드라마,
한국어 학습의 신호탄을 쏘다

왜 한국 드라마에 열광하는가?

한국 드라마를 즐겨 보는 외국 친구들은 종종 이런 질문을
했다.

"한국에서는 병원에서 아이가 바뀌는 일이 실제로 많아?"

"한국 시어머니는 다 그렇게 못됐니?"

그들의 지속적인 질문에 성실한 대답을 하기 위해, 나 또한
한국 드라마의 열혈 시청자가 되기로 했다.

대만에서 처음 본 한국 드라마는 〈사랑하는 은동아〉였다.
한국에서는 볼 기회가 없었던 드라마 전편을 대만에서 보았
다. 한국어 하나 없이 대만 성우가 더빙을 하고, 중국어 자막
이 나오는데도 드라마 스토리가 잘 이해됐다. 교통사고로 인
한 여자 주인공의 기억상실증, 삼각관계로 인한 등장인물의
분노와 갈등, 무엇보다도 첫사랑을 잊지 못하는 남자 주인공
의 절절하고 달콤한 대사는 중국어를 모르는 내 눈과 귀에
도 쏙쏙 박혔다.

대만의 한국 드라마 열풍은 실로 놀라웠다. 케이블 채널을 돌리다 보니, tvN 등 엔터테인먼트 전문 채널도 있고, 한국 드라마만 집중적으로 방송하는 채널도 있었다. 리모콘을 누르다가 나도 모르게 익숙한 얼굴이 나오면 채널을 고정하곤 했다. 그러다 결국, 〈닥터 이방인〉, 〈내 딸 금사월〉, 〈왔다, 장보리〉를 비롯해 제목도 낯선 아침 드라마와 일일 드라마를 섭렵하기에 이르렀다. 대만 성우의 정확한 발음, 큼지막한 중국어 자막, 한국인이기에 감으로 눈치 채는 스토리 구성, 세 박자가 딱딱 맞아떨어지니 대만에서의 한국 드라마 시청은 나의 중국어 공부에 많은 도움이 되었다.

내가 모임에 등장하면, 종종 이야기 주제는 '한국 드라마(대만에서는 한국 드라마를 한쥐(韓劇)라고 한다)'가 되었다. 1990년대 후반에 대만에서 방영한, 이영애와 이경영 주연의 〈불꽃〉을 떠올리며 박수를 치는 중년 여성들도 있었다. 그들은 초창기 한국 드라마 열풍을 선도한 열혈 시청자들이기도 했다. 90년대 중후반에 태어난 학생들은 자신들의 첫 인생 드라마(시트콤)로 〈순풍산부인과〉를 꼽기도 했다.

자주 오가는 일상 공간에서도 한국 드라마의 인기를 실감했다.

드라마 〈도깨비〉가 인기를 얻은 덕분에 공유는 대만에서 휴대폰 광고를 찍었고, 그리하여 대만 지하철에서 공유의 사진을 볼 수 있었다. 한번은 동네 마트에 갔는데 이동욱의 사

가오슝 지하철 안에서 만난 공유

진이 붙어 있어서 깜짝 놀랐다. 편의점 세븐일레븐은 〈도깨비〉를 패러디한 광고로 고객의 눈길을 끌기도 했다.

한국 드라마 열혈 팬인 대만인들은 내게 수시로 볼 만한 프로그램을 소개해달라고 하거나 자신들이 현재 시청하고 있는 드라마를 봤느냐고, 안 봤다면 '너'도 봐야 한다며 강요(?)하기도 했다. 그 열혈 팬들 중에는 학생도, 직장 동료도, 동네 상가 직원들도 있었다.

그들은 왜 한국 드라마에 열광하는가?

1996년 피리위성(霹靂衛星)방송국이 한국 드라마를 수입하여 방영

했다. 당시에도 시청률은 낮았으나 지역 방송국이기 때문에 중앙 방송국보다 시청률에 대한 부담감이 덜 했다는 점, 한국드라마의 구매가가 일본보다 낮았다는 점 등을 이유로 드라마 방영을 계속할 수 있었다. 이것이 대만에서 한류가 발생하게 된 배경이다. 방송을 보는 주요 시청자가 지역 주민으로, 방송용어도 그들이 가장 많이 쓰는 민남어(閩南語)로 송출되었고, 한국 드라마 역시 민남어로 더빙해서 방송했다. 피리위성을 통한 방영을 계기로 한국 드라마의 주요 시청자가 된 대만의 남부 지역에 살고 있는 저소득층과 부녀층은 한국 사회에 대해 좀 더 현실적이고 동시대적인 이미지를 갖게 되었고, 이는 더 많은 한국 드라마가 대만에 소개되어 인기를 얻게 되는 단초를 제공했다.[*]

대만 남부 지역 시청자들로부터 받은 관심이 대만 전역에서 한국 드라마가 인기를 얻게 되는 단초를 제공했다는 사실이 흥미롭다. 실제로 2018년 당시 대부분의 대학생들이 90년대 중후반 태생이라는 사실을 감안하면, 그들이 부모님과 함께 한국 드라마를 보고 자랐을 거라는 사실을 쉽게 추측할 수 있다. 실제로 대만 학생들은 드라마를 통해 한국어에 꾸준히 노출되어왔으며, 한국 드라마 시청은 한국어 학습으로 자연스럽게 이어졌다. 다음은 학생들에게 직접 들은 이야기이다.

[*] 동문군(2012), 「대만 한류의 발전과 번역 현황 한국 드라마를 중심으로」, 『돈암어문학』 제25집, 75-100쪽.

저는 중학교 때 한국 드라마를 처음 봤습니다. 그때 드라마에서 본 한국 음식과 문화, 들은 한국 노래는 다 흥미롭다는 생각을 했습니다. 이런 문화를 잘 이해하기 위해서 한국어를 공부하기 시작했습니다.

난 2년 전에 한국의 아이돌을 좋아했기 때문에 한국어를 공부하기 시작했다. 매일 열심히 드라마를 보면서 공부했다.

나는 한국 드라마와 예능 프로그램을 자주 봤다. 경어와 반말을 구분하는 건 가끔 잘 못한다.

시골 출신인 제가 본 최초의 외국인은 한국인이었습니다. 화면 속의 한국인들은 정말 멋있었어요. 게다가 한국어는 얼마나 듣기 좋던지요. 저는 그렇게 영상을 보며 중학교 때부터 혼자 한국어를 공부했습니다.

저는 한국 문화를 아주 좋아합니다. 어렸을 때 뽀로로부터 시작해서 지금까지 한국 드라마와 영화를 많이 봤습니다.

십 대에 들어서며 생긴 타문화에 대한 호기심으로 한국대중문화에 관심을 갖게 된 학생들도 있었지만, 무엇보다 부모

님과 함께 드라마를 보며 자란 학생들이 많다는 사실이 새로
웠다. 드라마 시청이 한국 문화에 대한 관심을 촉발시켰고,
그것이 자연스럽게 한국어 학습으로 이어진 것이다.

한국 드라마는 가족 이야기를 중심으로 사건이 벌어져 가
족 중심적인 대만인들에게 세대를 아우르는 공감대를 형성
해주고, 내용이 다양하며(사랑 이야기뿐만 아니라 〈시그널〉, 〈터
널〉 유의 심리, 추적 드라마도 대만에서 인기가 많았다), 편집에서
기술적인 능력이 돋보인다고 칭찬하는 이들도 많았다. 물
론, 드라마에 출연한 배우들의 멋진 외모가 큰 역할을 했다
는 사실도 부인할 수 없다.

한국에서는 오직 개인의 취향으로 드라마를 많이 봐왔는
데, 드라마와 연기자에 대한 정보가 이국땅에서 능력으로 발
휘될 줄은 미처 몰랐다. 나는 그곳에서 드라마를 활용해 한
국어를 가르치는 조 선생도 되고, 중국어가 짧아도 '한쥐(韓
劇)'라는 단어 하나로 대만인들과 수다를 떠는 '잉메이(英美)'
가 되었다.

한국 드라마는 내게 십 대 아들과의 공감대를 형성하는 대
화의 장을 마련해주고, 외국 생활의 고단함을 위로해주는 오
랜 친구가 되기도 했으며, 낯선 사람들과 관계의 끈을 이어
주는 매개체가 되기도 하고, 그 상대와 조금 더 가까워져서
그들이 나를 찾게 만드는 비장의 카드가 되기도 했다.

다시 그들의 질문으로 돌아가 봐야겠다.

"한국에서는 병원에서 아이가 바뀌는 일이 실제로 많아?"

"한국 시어머니는 다 그렇게 못됐니?"

출생의 비밀은 한국 드라마의 단골 소재이니 그렇다고 말해주면 되는데, 시어머니 문제는 답변하기가 간단하지 않았다. 대만에도 시월드가 존재하기 때문이었다. 주말마다 시댁에 불려가거나 일정을 조정해 그들과 함께 여행을 가야 하는 대만댁, 그녀들을 보며 이 지구상의 모든 '며느라기'의 수고로움에 왠지 숙연해진다. 관계의 고달픔에서 잠시나마 벗어나고자, 혹은 자신의 처지를 위로해줄 누군가를 찾고자, 그 '며느라기'들과 시어머니들도 한국 드라마에 빠지는 것은 아닌지 조심스럽게 추측해본다.

착한 대만댁 친구를 위해 그녀를 즐겁게 해줄 드라마를 찾아봐야겠다. 지금 그녀들에게 필요한 건 대답 대신 위로가 되는 드라마가 아닐지.

도깨비, 그리고 사랑의 물리학

어느 날 쓰기 수업에서 김인육의 시 「사랑의 물리학」을 배웠다.

질량의 크기는 부피와 비례하지 않는다

제비꽃같이 조그마한 그 계집애가

꽃잎같이 하늘거리는 그 계집애가

지구보다 더 큰 질량으로 나를 끌어당긴다

(중략)

심장이

하늘에서 땅까지

아찔한 진자운동을 계속하였다

첫사랑이었다

　　　　　　　　　- 김인육, 「사랑의 물리학」 부분*

　'하늘거리는', '아찔한', '사정없이'와 같이 학생들 수준에서 어려운 어휘나 표현들이 있어서 이 시를 사용해도 될까, 하고 망설이긴 했지만 그 고민은 그리 오래가지 않았다.

　이 시의 중국어 번역본은 인터넷에 들어가면 어렵지 않게 구할 수 있었고, 만에 하나 번역본이 없었더라도 학생들은 시의 내용을 이해하는 데 어려움을 겪지 않았을 것이다. 드라마 〈도깨비〉 덕분이었다.

　〈도깨비〉는 대만 내 방송된 역대 한국 드라마 중 최고 시

* 　김인육(2016), 『사랑의 물리학』, 문학세계사.

청률을 자랑한다. 대만 내 한국 드라마의 시청률 순위는 다음과 같다. 1위 〈도깨비〉, 2위 〈궁〉, 3위 〈꽃보다 남자〉, 4위 〈커피프린스〉, 5위 〈내 이름은 김삼순〉 등등.**

시가 인기 드라마에 삽입됐다는 이유로 대부분의 학생은 그 내용뿐만 아니라, 드라마의 어떤 장면에서 나왔는지까지도 기억하고 있었다. 「사랑의 물리학」을 배운 뒤, '내 마음속의 그 사람'이라는 주제로 쓰기 활동을 했다.

무대에서 반짝거리는 그 사람, 박지민

체크무늬 티셔츠가 잘 어울리는 그 사람, 전정국

부끄러울 때 귀가 빨개지는 사람, 김석진

자는 모습도 섹시한 사람은 바로, 슈가

내 마음속에 없어서는 안 되는 사람, 김태형

우리 반은 '아미의 가오슝 지부'가 아닐까, 라는 생각을 종종 하곤 했다. BTS 멤버가 수업시간에 거론되지 않은 적이 한 번도 없었기 때문이다. 4년 내내 그랬다. 그러나 오늘 수업의 결과는 예상 밖이었다. 40명의 학생들이 꼽은 '내 마음속의 그 사람' 중 가장 많은 표를 획득한 이는 BTS 멤버가 아니었다. 슈퍼주니어와 인피니트의 인기가 여전히 건재할

** https://star.ettoday.net/news/985437

것이라는 예상도 뒤엎었다. 학생들이 선정한 '내 마음 속의 그 사람'은 바로 엄마였다.

우리가 배운 시의 주제는 '첫사랑'이었고, 시적 화자는 '쿵, 소리와 함께 마음속 진자 운동을 했다는데' 그 대상이 어머니라니. 학생들이 쓴 글을 읽고 이내 그들의 마음속으로 들어가 볼 수 있었다.

무조건 나를 감싸주는 사람
이 세상에서 가장 아름다운 사람
자꾸만 생각나는 그 사람은 바로… 어머니

내게 힘을 주시는 사람, 자꾸만 생각나는 그 사람은 바로 어머니이다. 아버지와 이혼한 후에 혼자 살고 있다. 어머니가 힘들지만 저와 형을 만나기 위해 고향에 돌아가지 않고 우리 집 근처에 살고 계신다. 이렇게 항상 우리 옆에서 지켜주시는 어머니를 아낀다. 어머니께서 인생의 시간을 희생하고 저희를 예뻐하셨다. 그래서 어머니께서는 제 마음 속에 있는 소중한 사람이다.

계속 잡고 싶은 따뜻하고 두툼한 엄마의 손. 안타깝게도 그 잠깐 잡았던 손을 지금은 내 곁에 없다. 엄마는 내가 초등학교 때 암 때문에 내 곁을 떠나셨다. 엄마와 함께 본 드라마 <천국의 계단> 기억이 아직도 생생하다. 엄마는 내가 한국어를 공부하게 된 계기가 된 거 같다. 그래서 그때부터는 어떤 것을 대해서도 항상 열심히 공부하고 있다. 왜냐하면 나는 엄마가 자랑스러워할 수 있는 딸이 되고 싶었기 때문이다.

나는 학생들의 글을 읽을 때 예상하지 못한 포인트에서 놀라곤 했다. 그것은 바로 솔직함이었다. 마음속의 이야기를 가감 없이 표현할 줄 아는 그들의 능력이 놀라웠다.

그날은 특히 학생들의 글 속에서 어머니의 위력을 보았다. 아들딸의 마음속에 양반다리로 떡, 하니 자리를 잡고 있을 수 있는 힘 말이다. 그들의 어머니는 솔직하고 성실했으며 사랑에 꾸밈이 없었다. 자녀들 또한 그 어머니를 닮으며 커갔다. 제 마음 속에 엄마가 있다는 건, 삶의 위기가 왔을 때 엄마를 떠올린다는 말이기도 하다.

대만 대학생들도 학업과 취업, 경제문제, 집안문제, 인간관계로 혹독한 이십 대를 보내고 있었다. 대부분 그들의 잘못이 아니었으나 고통은 그들의 몫이었다. 풀수록 얽혀버리는 하루를 보내고 지쳐가기도 했다. 한국어 작문 시간에 솔직하게 써낸 그들의 생활문에서 나는 종종 그들의 지친 하루를 엿보았다. 그리고 힘들 때면 엄마를 떠올리며 그다음 날을 견디곤 했다는 사실도 깨달았다.

삶에 지친 이십 대의 모습을 뉴스로 접할 때마다 생각한다. 그들도 삶의 위기에 맞닥뜨렸을 때 나의 솔직했던 학생들처럼 엄마를 떠올리며, 엄마가 선물한 심장을 꼭 지켜냈으면 한다고. 사랑도, 생(生)도 거기서 시작되었으니.

사랑의 불시착 in Taiwan

학교의 엘리베이터를 탔을 때, 내가 한국인이라는 것을 알아본 한 학생이 말을 건넸다.

"안녕."

물론 나는 그녀를 몰랐다.

교실에서도 비슷한 일이 벌어졌다. 수업에 늦은 한 남학생이 앞문을 열고 들어오다가 수줍은 미소를 지으며 말했다.

"미안해."

그뿐만이 아니었다.

당시 나는 한국어 초급반을 맡았고, 60명에 육박하는 학생들은 대부분 한국어를 거의 몰랐다. 교실을 돌면서 학생들이 노트에 쓴 글자를 하나씩 체크할 때였다.

"헐."

한 학생이 잘못 쓴 글자를 바로잡아주자 그 학생이 내게 건넨 말이었다.

"안 돼요."

나는 양손으로 엑스 자를 그리며 그에게 말했다.

다음 줄로 이동해 또 한 여학생이 쓴 글자를 수정해주었다. 그녀는 또 이랬다.

"대박."

차마 '대박'까지 안 된다고 말하기에는 야속해 보이는 감이 있어 그냥 자리를 떴고, 이후로 나는 그들에게 종종 '대박이'가 되었다.

그대로는 안 되겠다 싶었다. 교내에서 오고 가다 만나는 학생들은 어쩔 수 없다 하더라도 적어도 내 수업을 듣는 학생들에게는 알려줘야 했다.

"드라마나 예능 프로그램에 나오는 말은 조심해서 써야 합니다."

학창시절에는 월요일 조회시간에 교장선생님이 "유행어를 쓰지 맙시다"라고 주의를 주기도 했다. 나는 그 시절 교장선생님 훈화 말씀 같은 고리타분한 말을 하는 '쌤'이 되어버린 것만 같았다. 그래도 해야 했다.

수업이 시작되면 고개를 숙이며 "안녕하세요?"라고 인사하고, 교사인 나에게 과제물을 제출할 때에도 두 손으로 주게끔 했다(대만 성인들은 어른에게 두 손을 사용하는 것을 당연하게 생각한다는데 나는 수업시간에 자발적으로 두 손으로 과제물을 내거나 마이크를 건네는 대만 학생을 본 적이 거의 없었다).

그것은 단지 나에게 예의를 갖추라는 의미가 아니었다. 그들이 나중에 한국인들을 만나거나 또 한국인들과 친구, 동료가 될 수도 있는데, 한국어로 얘기하면서 기본적인 예의나 어법을 갖추지 않는다면 인간관계에서 잃을 게 많을 수도 있다는 우려에서였다.

일단 단계별로 고쳐야 할 말은 다음과 같았다.

초급: 대박, 헐, 안녕

중급: 쌤(초면에), 아, 뭐래요?("무슨 말씀이세요?" 혹은 "아니에요"의 의미로)

고급: 인정(교수자의 설명이 끝나면, 이해했다는 의미로), 싸가지가 없어요

나는 수시로 이런 표현을 들었고, 동시에 그런 표현이 적절하지 않다는 말 또한 해주어야 했다. 심지어 욕설을 하는 학생들도 있었다. 나에게 욕을 한 것이 아니라 대화문을 만들 때 새X, XX년 등을 썼다.

오랜 기간 관찰해보니 학생들이 그렇게 이야기하는 데는 이유가 있었다. 해당 대학의 한국어 부전공자를 대상으로 조사한 결과, 많은 학생이 한국 방송 프로그램을 통해 한국어를 처음 접했다는 것이었다. 한국인과 직접적인 접촉이 전무한 채 방송에 의존해 한국어를 배운 학생들이 대부분이었다. 그들은 대체로 직접 만나서 한국어로 대화한 한국인이 바로 조 선생이라고도 했다.

한국 방송 프로그램을 즐겨 보는 대만인이라면 대개 한국어 단어 몇 개씩은 알고 있다. 한국어를 전혀 모르는 한 대

만 여성이 〈주군의 태양〉의 짧은 대사를 읊었던 일이 있었고, 〈도깨비〉를 즐겨 본 초급 학생은 주구장창 "날이 좋아서, 날이 좋지 않아서"를 넣어 문장을 완성하기도 했다. 즉, 검증된 한국어 실력과 상관없이 짧은 한국어를 구사할 줄 아는 대만인들이 점점 많아지고 있다는 뜻이었다.

최근 낯 뜨거운 기사를 접했다. 대만에 거주하는 한국 여성이 대만 경찰에게 한국어로 욕설을 했는데, 대만 경찰이 "개XX"가 욕설이라는 걸 알아들었다고 했다.* 얼굴이 화끈거렸다. 학생들에게 한국어로 적절하지 않은 단어와 표현을 일일이 알려주며 실제로 쓰면 안 된다고 했거늘 드라마도 예능도 아닌 현실에서 한국인이 대만인에게(그것도 경찰에게!) 상스러운 어휘를 썼다니 믿고 싶지 않았다.

이럴 줄 알았으면 한국 방송 프로그램에서 들은 말들을 내게 마구 써대는 학생들에게 "여러분이 이런 말을 알고 있는 건 참 다행입니다. 언젠간 이 말을 이해해야 할 날이 있을지 모르니까요"라고 말을 해줬어야 했나, 싶기도 했다.

대만 경찰이 한국 여성이 쏟아낸 한국어 욕설을 이해할 수 있었던 이유는 그가 시청한 한국 드라마 〈사랑의 불시착〉 덕분(?)이었다고 한다.

---

* 「대만서 자제 요청에도 경찰에 욕설한 한국인 '구류 처분'」, 연합뉴스 2020년 9월 10일 자.

대만살이 팁

대만 사람이 텔레비전 프로그램을 통해 배운 한국어를 잘못 구사하는 문제뿐만 아니라 한국어와 중국어의 미묘한 어감 차이로 인한 문제도 있다. 그중 대표적인 것이 "수고해요"이다. 수고해, 수고해요, 수고하셨습니다, 는 모두 신쿠러(辛苦了)이며, 누구에게나 쓸 수 있는 표현이다. 한국어의 경우, '수고하다'는 표현은 연장자에게 쓰지 않는 것이 원칙이나 최근 많은 사람이 "수고하셨습니다"라는 표현을 쓰는 관계로 용인되는 모습이기도 하다. 그러나 칠판을 지우는 내게 대만 학생들이 건넨 그 한마디, "쌤, 수고해요"는 생각할수록 어색했다.

할 말 다하는 학생들

〈그 시절 우리가 좋아했던 소녀(那些年, 我們一起追的女孩, You are the apple of my eye)〉는 영화의 원작자이자 감독인 주바다오(九把刀)의 실제 학창 시절 이야기기도 하다. 나는 이 영화를 보며 작가와 일종의 공감대를 형성했는데, 시도 때도 없이 짜증을 내고, 고함을 지르고, 학생을 때리는 선생들 때문이었다. 나의 그 시절에는, 자기 기분에 따라 학생들을 함부로 대하던 선생이 태반이었다. 그때는 선생이 학생을 마음대로(?) 때려도 되는 시절이었다.

"걸리면 죽는다"라는 별명의 한 중년 남성이 있었다. 생물인지 역사인지 국민윤리인지 도대체 뭘 가르쳤던 선생이었는지는 도통 기억이 나질 않는다. 그러나 그의 모습은 아직도 기억 속에 선명하게 남아 있다. 검은 뿔테 안경 너머의 눈을 감았는지 떴는지, 그 눈으로 살펴보는지 누군가를 째려보는지 알 수 없었던 그는 불룩 튀어나온 배를 들이밀듯 뒤뚱거리며 복도를 걷다 멈춰 서서는 자신의 주먹과 합체된 듯한 막대기로 아이들을 찌르거나 패거나를 반복했다. 그러면 아이들은 고개를 숙인 채 그에게 얻어맞았다. 맞는 사람도 지켜보는 사람도 폭력이 일어난 이유를 알지 못했다. 때리는 이유도 모른 채 맞아야 했던, 그런 시절이었다.

다시 돌아가서, 영화에 등장한 선생은 나의 '그 시절 선생'과 비슷했으나, 학생들은 나의 '그 시절 친구들'과 달랐다. 선생이 학생들에게 불합리한 요구를 하니(예를 들면, 가방을 전부 압수 수색하니) 학생들은 격하게 반발했다. 물론 결론적으로는 반항한 학생들은 모두 복도에서 벌서는 것으로 마무리되었으나, 그들이 선생에게 불합리한 점을 따지는 과정은 참으로 눈물겹도록 감동적이었다. 여기에서 대만 학생들의 특징이 보였다. 대만 학생들은 할 말은 하고야 만다. 아래에 두 가지 사례를 소개한다.

사례 1

학기 초가 되면 사무실은 몰려드는 학생들로 붐빈다. 대개 수강 신청이나 취소 등의 이유이다. 하지만 한 가지가 더 있다. 마음에 들지 않는 선생이 있으면, 바로 해당 사무실에 가서 불만을 고스란히 털어놓는 것이다. 나는 그 사실이 믿기지 않아 조교들에게 물어보았다. 그들은 모두 한결같이 이렇게 대답했다.

"맞아요. 선생님에게 문제가 있으면 우리는 바로 사무실에 가서 이야기해요."

학생들이 그렇게 이야기를 한다는 사실은, 그들의 말을 들어주는 대상이 있다는 의미다. 즉, 학교는 학생들의 불평불만에 귀를 기울여주고 있었다. 대만 학생들은 수업이나 교사에게 불만이 있으면, 사무실이나 그 윗선(총장 혹은 교육부에까지도)에 직접적으로 자신의 의사를 전달한다. 그리고 그 '윗선'에 계신 분들은 학생들의 의견을 흘려듣지 않는다.

그곳은 교수자에 대한 학생들의 평가가 어마무시한 곳이었다. 하지만 나 또한 학생들에게 할 말을 다 했다.

사례 2

개강 첫 수업 날이었다. 정원 50명에 추가 학생을 받을 때였는데, 한 수업에 다섯 명 정도 추가 신청을 받아야 하는 상황이었다. 나는 그 학생들을 모두 받아들이기로 했다. 그리고는 학생들이 들고 온 수강 추가 등록지에 서명을 해주었다. 그런데 한 학생이 종이를 두 장 내밀었다. 나는 왜 종이가 두 장이냐고 물었다. 그러자 학생은 아주 당당하게 말했다.

"하나는 내 친구 거예요."

모든 공문서는 본인이 직접 오지 않으면 서명을 해줄 수 없다고 했다. 그리고 그것은 수업 규칙으로 이미 말한 사실이라고 알려주었다. 그러자 학생은 목소리를 높이며 친구는 지금 올 상황이 안 되니 해달라고 더 당당하게 요구했다. 이유를 들은 나는, 그 사정은 지극히 개인적인 사유라 안 된다고 했다. 그랬더니 그 학생이 내게 따지기 시작했다. 왜 안 되느냐고. 그래서 나는 정확하게 답해주었다.

"이 수업의 선생은 납니다. 규정은 내가 정합니다."

그 학생은 입을 삐죽거리며 되돌아갔다. 그녀가 어디로 갔
는지는 알 수 없었다. 그 일로 그 학생이 불만을 갖고 '윗선'
에 알려도 할 수 없었다. 그렇게 알려주는 것 또한 내 일이었
으니.

사실 고민이 되기도 했다. 무엇이 학생들의 당당한 자기표
현이고, 무엇이 조르는 일인지 판단해야 할 때가 있다. 더욱
이 나처럼 '선생이 패면 맞는 시절' 사람의 경우에는 학생들
의 당당함에 가끔 당황할 때가 있다.

대만 학생들이 교육에 직접 목소리를 내는 현장을 보며,
할 말을 다 하는 건 고사하고 '걸리면 죽는다'의 막대기가 두
려워 그의 눈에 띄지 않으려 했던 나의 '그 시절'이 떠올랐다.
동시에 나는, 학생들의 크고 작은 목소리를 어떻게 받아들여
야 할지 고민해야 하는 선생이 되었다는 사실을 다시 한 번
실감했다.

대만살이 팁

대만 학생들은 순하고 협조적이고 조용하지만 자기 생각을 표현하는 일에는 주저함이 없다. 나는 학기 초, 학기 말 두 차례에 걸쳐 모든 과목에서 개인적으로 학생들에게 수업 진행에 대한 의견을 묻는 설문조사를 진행했다. 학생들은 주저하지 않고 자신의 생각을 표현하므로 이 설문조사 과정이 나에게는, 대만 학생들을 이해하고, 또 그들에 맞는 수업을 진행하는 데에 큰 도움이 되었다.

대만에서 팔고 싶은 한국 물건은?

한국어 중급 말하기 수업에서였다. '대만에서 팔고 싶은 한국 물건이나 대만에서 하고 싶은 한국 관련 사업'을 주제로 학생들에게 1분 스피치를 시켰다. 다음은 1분 스피치에 관한 '학생의 경험'과 '조 선생의 경험'이다.

찜질방

학생 경험

한국 드라마에 찜질방이 자주 나왔습니다. 주인공들은 찜질방에서 때밀이를 해서 몸이 깨끗하고 기분이 상쾌한가 봅니다. 때밀이를 하고 나서 양머리 수건을 만들고 친구나 가족들과 같이 앉아서 식혜를 마시면서 구운 계란을 먹습니다. 어머님과 함께 이 장면을 볼 때마다 참 신기했습니다. 제 생각에는 대만에 이런 곳이 전혀 없으니까 나오면 인기가 많을 것 같습니다. 대만사람들이 한국문화를 알 기회도 있고 재미있는 체험 시간을 보낼 수 있습니다. 저도 찜질방은 너무 궁금해서 기회가 있으면 어머님과 함께 한번 가보고 싶습니다.

대만에는 찜질방보다 온천이 많다. 타이베이와 타이난에 있는 온천에 가려고 계획하고 있을 때였다. 화교 출신 친구는 내게 이렇게 신신당부했다.

"영미, 온천에 가면 꼭 수영복을 입어야 돼. 다 벗으면 안 된다."

대만에는 호텔 방 안에 개인 온천이 있고, 야외에 모든 사람이 함께 즐길 수 있는 온천도 있다. 친구는 혹시라도 내가 온천을 한국 목욕탕으로 생각해 옷을 훌러덩 벗을 줄 알고 걱정해준 것이었다.

자동판매기

학생 경험

지난달에 한국에 갔다 왔습니다. 여행하는 동안 제일 신기했던 물건은 바로 자동판매기였습니다. 대만에 지하철이나 기차표 자동판매기만 있는데 음식을 주문하기 위한 기계를 본 적이 없었습니다. 처음 봤으니까 어떻게 하는지 잘 몰랐습니다. 그래서 혼자 판매기 앞에서 많이 고민해 시간이 많이 걸렸습니다. 하지만 주문 방법 설명을 읽은 후에 하나씩 하나씩 따라 하면 다 쉽게 주문할 수 있었습니다. 이런 것이 대만에 있으면 사장님들에게 좋을 것 같습니다. 이유가 두 가지가 있습니다. 첫째, 많은 점원을 뽑지 않아도 되니까 인건비를 절약할 수 있습니다. 둘째, 점원의 주문 실수 문제가 없어서 사장님 마음이 더 편할 것입니다. 식사 주문 자동판매기가 대만에 있으면 식당 사장님에게 인기가 많을 것 같습니다. 저는 판매기 회사 사장님이 되면 돈을 많이 벌 것 같습니다.

조 선생 경험

몇 해 전부터 한국에는 키오스크(kiosk)가 많아지기 시작했다. 기계한 대가 사람 1.5명의 역할을 한다니 업주들은 인건비 절약을 위해서라도 무인기계를 들이지 않을 이유가 없었다. 대만에도 무인기계가 많다. 무인화 시스템이 제일 잘 되어 있는 곳은 뭐니 뭐니 해도 대만 편의점이었다. 나는 대만 편의점 무인기계로 고속철도 승차권 예약을 자주 했다.

스튜디오

학생 경험

요즘 대만 여자들이 한국에 가면 꼭 해야 하는 일이 두 가지가 있습니다. 하나는 한복을 입고 유명한 장소에서 사진을 찍습니다. 두 번째는 스튜디오에서 증명사진을 찍습니다. 제가 한국 스튜디오에 가서 깜짝 놀랐습니다. 화장대 위에는 고데기와 드라이기가 있습니다. 구직 사진을 찍고 싶으면 그 옷을 입을 수 있습니다. 특이한 것이 하니 더 있습니다. 포토샵을 완벽하게 해줍니다. 대만에는 이런 좋은 스튜디오가 없습니다. 보통 사진관에서는 아저씨가 마음대로 사진을 찍어서 항상 못생긴 사진이 나왔습니다. 사진이 잘 안 나옵니다. 대만도 이런 스튜디오가 있으면 좋겠습니다.

조 선생 경험

나는 이곳에서 거류증(居留證)을 일 년에 한 번 갱신해야 한다. 그때마다 사진을 새로 찍어야 하는데, 가지 말아야지 다짐하면서도 꼭 가게 되는 곳이 있다. 그곳은 바로 학교 앞 사진관이다.

나는 그곳이 싫다. 너무나도 정직하게 내 모습을 카메라에 담기 때문이다. 사진을 보면, '내가 정말 이렇게 생겼구나'라며 화들짝 놀란다. 대만인도, 대만의 카메라도 내게 거짓말을 하지 않는다.

음악 순위 프로그램

학생 경험

많은 나라에서 케이팝이 아주 유명합니다. 대만에도 많은 사람이 케이팝을 좋아합니다. 제 생각에는 뮤직 프로그램 때문에 다른 나라 사람들도 텔레비전을 보고 인터넷에서 검색합니다. 사람들은 좋아하는 아이돌에게 투표하고 뮤직 프로그램은 순위를 발표합니다. 저도 뮤직 프로그램을 보고 한국 아이돌에게 반했습니다. 그리고 한국 문화에 더 관심이 생겼습니다. 이런 뮤직 프로그램이 대만에도 있으면 아이돌은 더 많은 사람들에게 사랑을 받을 거예요.

대만에서 한국의 <보이스코리아>와 유사한 프로그램을 본 적은 있었으나, 음악순위 프로그램이나 <프로듀스 101> 같은 오디션 프로그램은 못 봤다. 한국의 <프로듀스 101>은 대만에서도 엄청난 인기를 끌었다. '당신의 소년들'에 사로잡힌 이가 한둘이 아니었으며, 가오슝 시내 '중학생들의 천국' 신줴장(新崛江)에는 강다니엘의 얼굴이 박힌 물품들이 거리를 가득 메웠다고 해도 과언이 아니었다. 상당수의 강다니엘들이 조 선생의 교실로 들어왔다. 학생들이 펜으로 글을 쓰거나 부채질을 할 때, 가방에 달린 열쇠고리가 흔들릴 때 우리는 항상 강다니엘과 함께할 수 있었다. 나도 그렇게 강다니엘의 팬이 되었다.

무료 반찬

학생 경험

작년에 친구하고 같이 한국에 갔습니다. 식당에 갔을 때 항상 무료 반찬을 기대했습니다. 한국에 가기 전에 무료 반찬이 있는 것을 이미 들었습니다. 그래서 매번 식당에 가면 반찬 종류가 제일 궁금했습니다.

대만 식당은 무척 다릅니다. 대만 식당에 가면 그냥 시키는 음식만 나옵니다. 반찬을 먹고 싶으면 따로 주문해야 합니다. 반찬 종류도 다릅니다. 한국 반찬은 매운 편이고, 대만 반찬은 짠 편이에요. 대만사람들은 음식뿐만 아니라 반찬도 주문합니다. 사람들은 무료를 좋아하니까 대만에 무료 반찬이 있으면 그 가게는 무조건 인기가 많아질 겁니다.

조 선생 경험

내가 대만에 와서 당황한 점도 이것이었다. 반찬 한두 개 정도는 주메뉴에 달려 나오는 줄 알았는데, 공짜는 없었다. 모두 각각 구입해야 했다.

이 외에도 학생들은 한국에서 해보고 싶은 사업이나 팔고 싶은 물건으로 라쿤 카페, 배달 서비스, 렌즈 가게, 미용실, 치킨, 코인 노래방, 캐시워크(Cash Walk), 지하철 무료 와이파이 등을 들었다. 그리고 마지막 하나, 고시원에 대해 쓴 학생이 있었다.

대만의 인구 밀도는 한국보다 높아요. 많은 사람이 높은 집세 때문에 어려움을 겪고 있습니다. 그래서 대만에서 고시원을 열면 학생들, 수험생들 그리고 직장인들이 많이 좋아할 것 같아요.

이 문장을 보는데 마음 한편이 아려왔다. 몇 해 전, 구일고시원에서 생을 마감한 고인들, 그리고 오랜 고시원 생활로 고생하고 있는 이들이 떠올라서였다. 과연 고시원은 대만에 들여올 만한 '사업 아이템'이 될 수 있을까, 자문하며 학생들의 글을 다시 읽었다.

대만살이 팁

한국에 잠시라도 살아본 대만인이라면 한국에 재방문할 때, 한국산 면이불을 꼭 구입한다. 몇 해 전 한국을 재방문한 대만 부녀자들과 함께 광장시장과 대형마트를 돌며 면이불을 사러 다닌 기억도 있다. 질 좋고, 촉감 좋고, 두툼한 이불은 대만의 추운 겨울을 나기에 적당해서 대만인들은 한국 이불을 무척 선호한다. 나 또한 대만 거주 시절, 한국 이불 특유의 포근함을 그리워하곤 했다.

쯔위, 샤샤샤

사 vs 자

학생들은 두 개의 발음을 헷갈려 한다. 결국, 똑같이 발음한다. 자자, 자자, 자자, 자자, 자자. 방법을 달리하는 수밖에 없었다. 그리하여 다른 글자를 보여주었는데, 기적이 일어났다.

"샤샤샤."

가르쳐 주지도 않은 "샤샤샤"를, 그러니까 자자자, 도 아니고 쟈쟈쟈, 도 아닌 "샤샤샤"를 학생들이 너무나도 정확하게 발음하는 것이었다. 모든 것은 트와이스, 특히 쯔위(본명 周子瑜) 덕분이었다. 참고로 "샤샤샤"는 트와이스의 노래 "Cheer up"에 나오는 가사로 원래는 "shy shy shy"이다. 이 부분의 중독성으로 인해 많은 이들은 이 노래를 "샤샤샤"로 기억하기도 한다.

대만 뉴스에서는 쯔위의 한국 활동을 시시콜콜 알려주었다. 한국말로 인터뷰를 하든 노래를 하든 춤을 추든 쯔위에게 벌어지는 모든 일을 보여주었는데, 연예정보 프로그램이 아닌 일반 뉴스에서 그런다는 점이 신기하기만 했다. 많은 대만 아이들이 쯔위를 꿈꾸거나 쯔위를 보며 한국 생활을 동경해 마지않았다.

사실 쯔위 덕분만은 아니었다. 어릴 때부터 〈런닝맨〉과 같은 각종 한국 방송 프로그램을 봐온 아이들이었기에 한국 연예인들을 꽤 가깝게 여기거나 한 번쯤은 경험해보고 싶은 한국 생활을, 몇몇 프로그램을 통해 대리만족하기도 했을 것이다.

떡볶이를 한 번도 안 먹어보고도 그 맛을 묘사하고, 찜질방에 한 번도 안 가보고도 양머리와 맥반석 계란을 알며, '전주' 하면 '비빔밥'이 아닌 "전주는 인피니트 성규 오빠의 고향이에요"라고 큰소리로 대답했다.

내가 대만에서 지낸 몇 년간 혹은 그 이전에도 몇 차례 가오슝에서 한국 드라마와 예능 프로그램 등이 촬영되었다. 그런 촬영이 있으면 내가 가르치던 학생들이 스태프로 대거 동원되기도 했다. 한국어 전공자가 아니었지만, 모두 한국어를 유창하게 구사하는 학생들이었다. 이들은 꾸준히 통역 일을 맡았다. 한국어를 배워 실제적인 상황에서 보탬이 되는 일을 할 수 있다는 점에서, 큰 의미가 있는 일이었다.

그런데, 두 가지 문제점이 있었다.

첫 번째, 학생들이 적당한 보수를 받고 일을 하는지의 여부였다. 누구나 일한 만큼의 정당한 대가를 받을 권리가 있고, 아르바이트와 봉사활동은 엄연히 구분이 되어야 한다고 생각한다. 학생들은 정당하게 보수를 받기도, 혹은 그렇지 않기도 했다. 학생이고, 동경하는 특정 분야의 일이라고 해서 일한 만큼의 보수를 받지 못한다면, 그것은 결국 어느 쪽에든 손실이나 상처가 된다. 아직도 많은 젊은이가 온힘을 다해 실질적인 업무에 참여했음에도 불구하고 세상물정을 잘 모르고, 나이가 어리고, 경험이 부족하고, 때로는 외국인이라는 이유로 적절한 대우를 받지 못하는 경우가 있다.

두 번째, 학생들의 꿈이었다. "한국에 가서 연예인이 될래요"라며 조언을 구하는 학생들이 종종 있다. 안타깝게도, 나는 그런 학생들에게 딱히 해줄 말이 없었다. 고작해야, 잘 알아보고 하세요, 혹은 한국어를 더 잘해야 돼요, 라는 말 정도였다.

그런데 그보다 구체적으로 자기가 하고자 하는 일을 밝히는 학생들이 사실 더 많았다. 한국학과 대학원 진학, 한국 유학 계획, 한국어 교사 희망, 한국 기업 취업, 한국어 번역 및 통역 업무 등으로 콕 집어 말하는 학생들에게 한국어능력시험 준비나 추천서, 학교 소개 등에 관한 좀 더 구체적인 도움을 줄 수 있었다. 물론, 그 또한 몇 안 되는 한국어 담당자가 전담하기는 어렵고, 학교 측에서 모두 준비하기도 어려웠다. 학생들이 장래를 보다 구체적이고 현실적으로 계획할 수 있도록 돕기 위한 관련 전문가와의 교류가 필요하다고 생각한다. 이와 관련된 구체적인 방안에 대해서는 지금도 진지하게 고민하고 있다.

대만살이 팁

대만인이 어려움을 겪는 한국어 단어는 '사' 외에도 여러 가지가 있는데, 특히 중국어와 발음이 비슷한 '은행', '운동', '도서관' 등이 대표적이다. 아무리 연습해도 중국어 식으로 '인항', '윈똥', '투수관'으로 발음한다. 발음의 문제라기보다는 습관의 문제로 보인다.

일장기를 보았다

"제일 빠른 우편이요."

우체국 직원은 내게 이엠에스(EMS) 봉투를 건넸다. 나는 '보내는 이'란에 한 획 한 획 정성스럽게 소속 학교의 주소를 썼다. 대만(台灣) 고웅시(高雄市)… 그리고 빠른 속도로 한국 주소를 써서 직원에게 전했다. 봉투에 쓰인 주소를 확인하던 직원이 내게 물었다.

"한국 사람이세요?"

"네."

나의 대답이 뭔가 석연치 않다는 듯한 표정을 지으며 그녀는 다시 물었다.

"그런데 왜 학교 주소에는 일본어과로?"

趙英美. 명함에 적힌 이름을 보면, 이곳 사람들은 내가 한국인이라는 사실을 금세 안다. 그럼에도 꼭 이 질문을 한다.

"한국 사람이세요?"

그들의 질문에는 이유가 있다. 이름은 한국, 학교는 대만, 학과는 일본어과이기 때문이다. 사람들은 나를, "대만에서 일본어를 가르치는 한국 사람"으로 알고 있다. 명함을 보면 그럴 수 있다. 그리하여 명함을 건넬 때면 추가 설명이 필요해진다.

"나는 한국 사람이고, 대만에서 한국어를 가르치고 있습니다. 현재 근무하는 학교에는 한국어과가 없는 관계로 한국어 과정은 일본어과에서 관리를 하고 있습니다. 그래서 나의 소속은 일본어과입니다."

불편함을 감수하더라도 나의 정체성은 분명히 밝혀야 했기에 명함을 건네며 똑같은 말을 반복해야 했다. 그 덕에 중국어가 좀 늘었다.

운동회가 열렸을 때다.

외국어학교이니 영어학과, 스페인어학과, 프랑스어학과, 독일어학과 등등 학과별로 해당 국가의 깃발이 준비되어 있었다. 그제서야 비로소 일본어학과의 깃발이 커다란 일장기라는 사실을 알았다. 개회식 시작을 알리는 음악이 울리자 각 학과의 기수는 깃발을 휘두르며 입장했나. 일본어과 기수는 일장기를 휘두르며 힘차게 행진했다. 학교 운동장에서 빨간 동그라미가 펄럭였고, 나는 그 뒤에 서야 했다. 나는 본능적으로 수치심을 느꼈다. 운동장에 모인 참가자들이 나를 투명인간 취급하고 있다는 생각도 들었다. 옆에 있는 사람에게 명함을 건네고 싶은 충동이 일었다. "나는 일본어과 소속이지만 한국 사람이고…, 그러니까 나는…." 내 명함에 일본어과라고 쓰여 있을 줄 알았다면, 이곳에서의 내 정체성이 그렇게 모호했을 거라 예상했다면, 명함에 "나는 한국어를 가르친단 말입니다"라는 문구라도 써놓았어야 했나, 하는 늦은 후회도 들었다. 손차양을 만들어보았다. 손바닥으로 가리기에 일장기는 터무니없이 컸다. 나는 깃발 뒤에 서는 대신 운동회장을 떠났다.

그다음 해에도 어김없이 운동회가 열렸다. 그때는 참가하지 않기로 했다. 운동장에서 힘차게 휘날리는 일장기를 보고 싶지 않아서였다. 혹시라도 참가를 하게 된다면 나는 일장기 대열에 합류해야 하는데, 그럴 수 없었다. 대신, 대만 친구를 만났다. 친구에게 운동회를 가지 않은 이유에 대해 설명했다. 이야기를 유심히 듣던 친구는 이해할 수 없다는 표정을 지으며 물었다.

"한국 대학에는 일본어과가 없어?"

"있어."

"일본 싫어한다면서 왜 일본어과가 있어?"

일본어과 개설과 운동장에서 일장기를 휘두르는 건 별개의 문제라고 답했다. 사실, 난 친구의 그러한 질문과 태도 또한 불쾌했다. 한국이라고 하면 '신라면'과 드라마 〈응답하라 1988〉밖에 모르는 친구였으니 한국과 일본 간의 정서에 관한 설명은 내 몫이 되어야 했다. 하지만 설명을 해도 그는 모를 것이었다. 계속 고개를 갸우뚱거리다가, 알았어, 됐어, 로 대화를 마무리 지었다.

내게 당연한 일은 상대에게 낯설고, 상대에게 당연한 일도 내겐 너무 낯설다. 당연한 일과 낯선 일 사이에서 수시로 줄다리기를 한다. 대만에서는 한국과 일본에 관한 문제가 그러했다. 그 줄다리기에서 내가 이겼으면 좋겠는데, 왠지 매번 지는 기분이었다.

1992년 국교 단절 이후, 한국과 대만은 서로를 이해할 시간이 턱없이 부족했다. 그나마 한류 열풍으로 인해 한국이 많이 알려지긴 했다. 그러한 관심은 한국어를 배우고자 하는 학생 수의 증가로 이어졌다. 취미로 배우고 싶어 하거나, 전공으로 삼고 싶어 하는 학생 수 또한 적지 않다.

대만 대학교 중에서 정식으로 한국어학과가 개설된 곳은 정치대학교와 문화대학교 두 곳뿐이다. 가오슝 국립대학에는 동아시아학부에 한국어조(組)가 설립되어 있다. 이 세 학교의 한국어 전공자 선발 과정은 치열하기로 유명하다. 한국어과의 인기 또한 매년 높아지고 있는 실정이다. 대만에서 한국어를 공부할 학교가 많지 않다는 의미이다.

내가 근무했던 곳은 대만 유일의 외국어대학교였다. 그곳의 한국어 1, 2, 3, 4는 교양과정으로 구분이 되어 있고, 그 외의 과목은 학정(學程)이라는 부전공 프로그램 내에 보다 심화된 과정으로 개설되어 있었다. 모든 한국어 수업에는 학생들이 차고 넘쳤다. 한 학기에 가르치는 여덟 개 과목 중 두 과목을 제외하고, 모두 제한된 수강생 50명을 넘어 총 400명의 학생을 가르치기도 했다. 그중에는 외부 학생, 즉 타교 학생들도 포함되어 있었다. 해외에서 한국어의 인기가 높아졌다고 으쓱할 일이기도 했지만, 동시에 한국어를 배울 마땅한 곳이 많지 않다는 점도 간과할 수는 없는 노릇이었다.

한국에 대한 관심이 높아지면서 한국에 대해 알고 싶어 하는 젊은이나, 한국어를 자신의 미래를 위해 진지하게 배우려는 학습자가 많았지만, 한국 측의 관심은 그에 미치지 못한다는 점 또한 지적하지 않을 수가 없었다.

즉, 대만 내 한국어 교육 프로그램이 부족하고, 한국어 교육 전문가는 더 부족하며, 한국어 프로그램이 교양과목이나 일본어과 내부 신설 프로그램으로 존재하는 책임을, 대만 교육계에만 묻기에는 사안이 단순하지 않았던 것이다.

그대로 내버려두어도 한국어를 배우는 대만 학생들은 있을 것이다. 드라마, 연예인, 화장품, 패션, 음식에 대한 그들의 관심이 하루아침에 사라지지는 않을 것이며, 어쩌면 우리가 생각하는 것보다 조금은 더 오래 그 애정이 지속될지도 모른다. 하지만 변화 또한 없을 것이다. 젊은 대만 사람들은 한국인들을 만나면 안녕하세요, 방탄 오빠, 도깨비, 이종석, 팬미팅, 이런 말들을 꺼낼 것이다. 중년 이상이라면 한국인이라고 아무리 말해도, "하이, 아리가토, 오이시이"라며 말할 것이다. 또 한 번, "나는 한국인이라니까요"라고 해도 "알아, 알지, 스미마셍"이라고 대꾸할 것이다. 딱 거기까지일 것이다.

한국에 대한 진심 어린 애정으로 한국어를 중학교 때부터 독학으로 배워 수준급 이상의 한국어를 구사하는 학생들을, 나는 그곳에서 매일 만났다. 한국어를 전공하고 싶었는데 갈 대학이 충분하지 않거나 외국어 교육으로 유명한 그 학교에서 공부하기로 결정했는데, 알고 보니 한국어과가 없어서 고민에 고민을 거듭하다 그나마 한국어와 비슷한 일본어과를 선택했다고 말하는 학생들도 있었다. 학생들은 열심히 한국어를 배우며 선생님, 영미 선생님, 하고 부르며 하나라도 더 배우려고 했다. 장담하건대, 그 학생들은 어디서 어떤 일을 하든 한국어를 버리지 않을 것이다.

지속은 힘이 된다. 그래서 나는, 대만 학생들에게 한국어 학습 기회를 충분히 보장해야 한다고 생각한다. 온전한 학습 기회란, 보다 전문화된 교과과정과 숙련된 교사 확보, 즉 학과 설치를 의미하는데, 그것은 일개 교사의 힘으로는 턱없이 부족하다. 학교 계획과 정책, 동시에 한국 정부의 관심과 지원이 뒷받침되어야 할 것이다.

내년에도, 후년에도, 그 이후에도 운동회는 열리고, 운동장에서 일장기는 매년 펄럭일 것이다. 언젠가 같은 자리에서 태극기가 휘날리는 장면도 상상해본다. 국어사랑 나라사랑을 외치는 것이 아니다. 태극기를 들고 입장하는 기수가 되려는 어린 학생들과 그들의 마음을 이미 알아버렸을 뿐이다.

대만살이 팁

현재 대만에는 일본어학과 안에 한국어 과정이 개설되어 있는 대학으로 밍다오대학(明道大學), 담강대학(淡江大學), 원자오외국 어대학교(文藻外語大學) 등이 있다. 예전에는 대만 최고 대학인 국립대만대학교도 일본어학과 안에 한국어과정을 개설했는데, 2017년 2학기부터는 소속되어 있지 않게 되었다.

대만의 한국어문화교육의 활성화를 위해서라도 대만 대학 내 한국어과 개설이 시급하다.

대만 학생, 왜 한국어를 배울까?
- 한국어 말하기 대회 수상자, 주동(周彤) 이야기

대만에서 한국어를 배우는 학생의 수는 해마다 증가하고, 그들의 한국어 능력 또한 매년 성장하고 있다.

2017년 9월 학기가 시작된 지 얼마 되지 않아서 한 신입생이 한국어능력시험 초급 성적표를 들고 찾아왔다. 고등학생 때부터 혼자 한국어를 공부했고 한국어능력시험도 봤으니 중급반에 자기를 넣어달라고 했다. 한국어능력시험 2급 이상이면 〈한국어 3〉을 들을 수 있는 자격요건이 되었다. 나는 그녀가 가지고 온 문서에 서명을 해주었다. 그래도 그렇게 시험 자격증이나 어디서 한국어를 배웠다는 증명서를 제출하는 학생은 그나마 행정적인 처리가 수월했다.

다음 날, 또 다른 신입생이 찾아왔다. 그는 한국어를 얼마나 좋아하는지 그동안 어떻게 공부했는지를 한국어로 술술 말하기 시작했다. 그 학생의 한국어는 아주 자연스러웠다. 심지어 어릴 때부터 집에서는 부모와 한국어를 쓰고, 학교에서는 현지 언어를 써온 교포 느낌까지 났다. 그러나 그는 한국어를 잘한다는 사실을 증명하기 위한 문서가 없었기에 초급반부터 시작하는 수밖에 없었다. 더 도전적인 수업을 들을 수 있었을 텐데 참 안타까웠다.

대만에서 한국어 능력을 이미 어느 수준까지 갖춘 대학 신입생이 점점 많아지고 있다는 사실은 기쁜 소식인 한편, 걱정 되는 소식이기도 하다. 아직 대만의 한국어 교육에는 넘어야 할 산이 많다. 한국어 교사 및 교육 자료, 교육기관 부족 등. 그중에서 가장 대표적인 문제는 '부모님의 지지'이다. 많은 학생이 내게 와서 한국어를 더 지속적으로, 전문적으로 공부하고 싶다고 얘기했는데 한숨을 쉬며 다음과 같이 말하는 학생도 있었다.

"부모님이 반대하세요."

당시 대부분의 학생이 1990년대 중후반에 태어났다는 걸 고려하면, 그들의 부모님은 1990년대에 청년기를 보냈음을 알 수 있다. 한국과 대만이 국교를 단절한 시기는 1992년이다. 그 이후 대만과 한국의 사이는 급속도로 악화하였다. 지금 학생들의 부모는 성년이 된 이후부터 한국에 대한 좋은 이미지를 키울 기회가 없었고, 스스로 찾지도 않았다. 반면, 1990년대 출생한 학생들은 2000년을 전후로 대만에도 한류 붐이 불기 시작하면서 한국에 대한 관심을 키워나갈 수 있었다. 그것이 한국어 학습으로 이어졌고 이제 그들의 한국어 학습 목표는 '오빠들'이 아닌 '자신의 미래'가 되었다.

그들은 아직 학생이라 자신의 미래를 계획하는 과정에 부모님의 정신적, 물질적 지지가 필요했다. 그런데 그러한 지지를 받지 못하고 있는 학생들이 많다. 부모의 입장에서는 "우리 애가 외국어도 잘하고 참 기특하네." 하며 한국어 공부하는 아이의 엉덩이를 토닥여줄 수 있지만, 한국어를 본격적으로 공부하고, 그와 관련된 일을 하겠다고 하면 대개의 부모는 아직도 이렇게 말한다고 한다.

"한국어는 배워서 뭐 하게? 그냥 취미로만 해."

나는 이런 현실이 참 안타깝다. 능력 있는 학생들이 자신의 꿈을 접어야 하는 순간을 많이 보았기 때문이다. 적어도 그들에게는 한국어가 결코 재미로만 접한 대상이 아니고, 그들의 꿈에서 아주 큰 부분이라는 사실은 그냥 지나칠 수가 없었다.

2015년 9월, 내가 대만에서 첫 학기를 시작했을 때였다. 신입생이 한국어능력시험 중급(4급) 성적표를 보이며 나를 찾아왔다. 말하기, 읽기, 듣기, 쓰기, 네 영역의 능력과 인성까지 모두 고르고 바르게 성장한 학생이었다. 그는 한국어 수업을 들으며 공부의 양을 더 늘렸고, 다음 해에는 내 조교로 일하며 나와 대화할 일이 더 많아졌다. 그러면서 그 학생의 고민을 접하게 됐다. 그의 고민을 널리 알릴 수 있는 길이 필요했고, 바로 한국어 말하기 대회를 알아봤다. 열심히 준비한 끝에 그는 가오슝 말하기 대회에서 대상을, 타이베이 말하기 대회에서 금상을 받았고, 부상으로 한국 유학 장학금도 받았다. 그는 부산에 있는 한 대학에 유학까지 가게 되었다.
자신의 생각과 의지를 표현한 끝에 얻어낸 귀한 결과가 아닐
수 없었다.

그래서 나는 그곳에서 학생들이 제 목소리를 낼 수 있게
도와주었다. 그들이 열심히 한국어를 배우고 있는 과정을 보
며 보다 진지하게 한국어 학습을 지속하려는 그 열정을 지켜
주고, 그 마음을 널리 알리려고 노력했다.

그때 들었던 한 학생의 목소리를 여기에 한 번 더 알리려
고 한다.

2016년 가오슝 말하기 대회(대학부) 대상 수상작
나는 우리 가족의 자랑입니다

저는 올림픽만 보면 긴장이 됩니다.

한국과 대만이 시합이라도 하면 어쩌나, 그래서 경기를 보는 내내
아버지가 화를 내면 어쩌나, 걱정이 되었기 때문이에요. 우리 아버
지는 경기만 보면 유독 한국을 좋아하지 않습니다. 그런 아버지와
살아왔지만, 다행히도 저는 한국을 아주 좋아합니다. 그래서 중학
교 때부터 독학으로 한국어를 배웠습니다.

그렇게 신나게 한국어를 하고 있을 때면, 아버지는 이렇게 말씀하
셨어요.

"야, 영어나 해."

하지만 적어도 제 한국어 공부를 막지는 않으셨어요.

대학에 들어와 한국에 대한 관심을 마음껏 펼칠 수 있었습니다. 마침, 같은 과에 한국 학생이 있었습니다. 우리는 한국에 대한 이야기를 하면서 자연스레 친해졌습니다. 그 친구는 중국어를 잘하지만, 왠지 저만 보면 한국어로 말하는 거예요. 그리고는 "아, 하루종일 중국어만 썼더니 머리가 터질 것 같아. 근데 너랑 한국어로 얘기하니까 살 것 같다"라고 했습니다. 저는 친구에게 위로가 되었습니다. 한국어를 할 수 있었으니까요.

휴일에 친구와 함께 우리 집에 갔습니다. 우리는 다 같이 중국어로 이야기했습니다. 친구는 중국어로 저와 우리 부모님과 함께 대화했습니다. 그런데 갑자기 우리 아버지가 이렇게 얘기하시는 거예요. "학생, 왜 계속 중국어만 해? 우리 딸이 한국어를 얼마나 잘하는데, 우리 딸이 한국어 잘하는 거, 몰라?"

그 말을 듣고 저는 깜짝 놀랐습니다. 아버지가 친구에게 제 한국어 실력을 자랑하실 줄 몰랐거든요. 그 이후 친구와 저는 평소처럼 한국어로 얘기했습니다. 아버지는 하나도 못 알아들으시면서도 제가 한국어로 대화하는 모습을 빤히 바라보시며 웃고 계신 거예요. 아버지가 아직도 한국을 안 좋아하시는지, 아니면 한국을 좋아하게 됐는지는 잘 모르겠습니다. 하지만 분명한 것은, 아버지는 한국어를 하는 당신의 딸을 자랑스러워하신다는 거예요.

저는 그 순간 결심했습니다. 우리 아버지, 그리고 우리 가족의 자랑이 되고 싶다고요. 이 자리에 서 있는 이 순간, 아니 앞으로 제가 한국어를 더 잘하는 모습은, 분명 우리 가족의 자랑이 될 것입니다.

2017년 타이베이 말하기 대회(대학부) 금상 수상작
미래로 가는 길

안녕하십니까? 오늘 저는 여러분께 제 고민을 말씀 드리고자 합니다. 저는 대학에서 스페인어를 전공하고 있습니다. 스페인어를 좋아해서 갔냐고요? 아닙니다. 솔직히 말씀 드리면, 한국어를 전공하고 싶었지만, 갈 만한 학교가 많지 않아 성적에 맞춰 들어간 거예요. 저는 중학교 때부터 혼자 한국어를 배웠습니다. 이상하게도 한국 노래도 드라마도 아닌 한국어 자체에 많이 끌렸습니다. 노래 가사나 드라마 대사를 적어가며 공부했죠. 그러면서 한국인을 직접 만나 대화해 보고 싶다는 욕망이 커졌습니다. 그러나 대만 남부의 작은 소도시에 사는 소녀에게는 그런 기회가 오지 않았습니다.

대학에 들어와 드디어 한국 사람을 만나게 되었습니다. 한국인과 함께 어울렸던 그 첫 만남을 잊을 수 없었습니다. 너무 감동적이었냐고요? 아닙니다. 오히려 그 반대입니다.

한국 친구와 저는 함께 식사를 했습니다. 친구는 식사 자리에서 술을 시켰습니다. 그리고 드라마에서 본 장면처럼 그 친구는 술을 빠른 속도로 먹기 시작했어요. 나는 그 친구를 말리고 싶었지요. 그때, 한국 소설에서 읽었던 문구가 기억났습니다. 그래서 친구에게 이렇게 말했죠.

"그렇게 처마시다가 골로 가."

그 이후, 저는 한동안 그 친구를 만나지 못했습니다. 적절한 한국어를 쓰지 못해 친구의 기분을 언짢게 만들었기 때문입니다.

혼자서 배운 한국어로 "어, 외국인치고 잘하네"라는 칭찬을 들을 수 있었지만, 한국인과 동등한 위치에서 대화를 나누기에는 여전히 많이 부족했습니다. 더 진지하게 배워야 했습니다.

그래서 부모님께 용기 내어 말씀드렸습니다.

"한국어를 전공하고 싶어요."

솔직하게 제 생각을 말했을 뿐인데, 부모님은 무슨 폭탄선언이라도 들으신 양, 기겁을 하셨습니다. 그리고는 이렇게 말씀하시는 거예요.

"한국어는 배워서 어디다 써먹냐? 네가 전공하고, 졸업하면 뭐 먹고 살려고 그래?"

그날부터 저를 원망하기 시작하셨습니다. 한국 사람과 대화를 나누는 모습 정도는 부모님께서 흐뭇해하셨습니다. 그러나 정작 제가 앞으로 한국어에 올인하겠다고 하니 부모님은 제 마음을 전혀 이해 못 하시는 거예요.

저는 이 자리에서 여러분께 말씀드리고 싶습니다.

대만의 소도시에서 자라 한국인을 만날 기회도 없었던 제가 이렇게 한국어를 배워 꿈을 꿀 수 있게 되었는데, 곁에서 함께 기뻐하고 응원해주는 어른이 제게는 없습니다. 한국어로 장래를 꿈꾸지 못한다면, 저에게 그보다 더 절망적인 일은 없다고 생각합니다.

저는 머지않아 한국과 대만 양국에서 꼭 필요한 일꾼이 될 자신이 있습니다. 그렇게 되기까지의 과정이 쉽지 않다는 것도 압니다. 하지만 제가 꿈을 이룰 수 있도록 여러분들로부터 응원의 메시지를 받고자 이곳에 온 것입니다.

여러분, 제게 힘을 주세요.

그 학생의 이름은 주동(周彤)이다. 그녀는 졸업 후 현재 대만 소재 한국 기업에서 근무하고 있다. 이는 오랜만에 그녀가 연락을 해 와 알게 된 사실이었다. 나는 무척 기뻐했고 그녀에게 축하한다는 말을 전했다. 몇 해 전 그녀가 바라던 대로 어엿한 사회인이 되어 한국과 대만의 중요한 가교 역할을 하고 있다는 사실만으로 가슴이 벅찼다.

나는 오늘도 자신의 꿈을 한 단계씩 이루어가는 학생에게서 삶을 대하는 진지한 태도를 배웠다.

대만살이 팁

대만에는 한국어를 배우는 학습자들을 대상으로 한 한국어 말하기 대회가 열린다. 가오슝에서는 매년 11월 한국문화의 날 행사의 일환으로 한국어 말하기 대회가 열리며 고등학생부, 대학일반부, 대학전공부, 일반부로 나뉜다. 타이베이에서도 대표부의 주최로 매년 6월경에 한국어 말하기 대회가 개최된다. 대만에 거주하는 기간에는 두 행사에 매년 참가했다. 한국어를 진지하게 공부하는 학생들이 이렇게 많구나, 를 다시금 깨닫게 되는 날이기도 하였다.

대만 학생,
한국어를 배운 뒤 무슨 일을 할까?

- 일본어 전공자였지만 지금은 한국어 번역 일을 하는
종원용(鍾沅容) 이야기

내가 일한 학교에는 한국어과가 없었다. 대신 일본어과 소속으로 한국어 과정과 부전공이 개설되어 있었다. 한국어 수업을 들으러 오는 학생 중에는 일본어과 학생들이 많았고, "Japanese"라는 큰 글자가 쓰인 과 티를 입고 오는 학생들도 적지 않았다. "무엇을 좋아해요?"라는 질문에 "일본을 좋아해요"라고 답하거나 "방학에 뭐 했어요?"라는 물음에 일본에 여행 갔다 왔다, 일본에서 인턴십을 했다고 하는 학생도 있었다.

대만에서 나는 일본인이 아니고, 일본어를 가르치는 사람도 아니라는 설명과 강조를 하는 일 이외에도 학생들에게 "지금은 일본어 시간이 아닙니다"라는 사실을 여러 차례 각인시켜야 했다. 모든 대답은 한국과 관련된 것이어야 한다는 '강요된 규칙'을 만든 적도 있었다. "나까무라 상이 교토에서 스시를 먹으면서 사쿠라를 봐요"라는 문장을 쓴 학생이 있는가 하면 그 옆에, "요시다 상가(일본인들이 자주 범하는 조사 오류) 오사카에서 기무라 타쿠야를 만납니다"라는 문장을 쓴 학생도 있었다. 일본에 유독 우호적인 대만 남부 지역 출신자이자, 상당수가 일본어과 학생이라면 더 의식적인 자극이 필요했다.

그런데 얼마 후, 그 반대의 경우도 보게 되었다.

종원용(鍾沅容). 가오슝 출신인 이 학생을 한국어 초급반에서 처음 만났다. 동사의 어미 변화를 배우기 시작하는 단계였는데, 그녀는 수업시간 내내 맨 앞자리에 앉아 수업내용을 충실히 따라갔다. 수업시간에 문장 쓰기를 시킨 뒤 학생들의 문장을 확인하러 돌아다니다가 그녀의 노트를 보았다. 글씨체가 달랐다.

〈한국어 2〉 교실에 있는 학생들은 대부분 지난 학기 〈한국어 1〉을 들은 학생이었다. 즉, 그들은 한국어를 배운 지 6개월이 채 되지 않았다. 그들에게는 그들만의 글씨체가 있었다. 잘 쓰고 못 쓰고의 문제를 떠나 그들의 글씨는 자음과 모음이 균형을 잃어 몹시 불안하게 백지 위를 날아다녔다.

원용 씨의 글씨는 한국어를 적어도 일 년 이상 배운 이의 모양을 하고 있었다. 자음과 모음의 비율이 적당하고 'ㅁ'이나 'ㄹ'의 흘림도 한자처럼 보이지 않았으며 진짜 한국의 어른이 쓴 것처럼 보였다. 그는 이해력도 뛰어났다. 동사를 활용해 문장을 써보라는 과제를 내면 다른 학생들이 두 문장 정도 쓸 때, 그녀는 대여섯 문장을 썼다. 그녀의 문장력을 보면 "나는 식당에서 밥을 먹어요." 정도가 아니라 그녀가 좋아하는 인피니트 멤버 성규와 전주에서 비빔밥을 함께 먹은 이야기를 쓸 수도 있어 보였다(대만에서 큰 인기를 끈 인피니트 멤버 성규의 고향이 전주라는 사실을 알려준 이가 바로 원용 씨였다).

당시 그녀는 대학교 1학년이었는데, 그 정도 한국어 실력이라면 학교에서 한국어를 배우기 이전에 분명 어딘가에서라도 배웠을 것이다. 어느 날, 나는 궁금증을 참지 못해 그녀를 불러 한국어를 어떻게 배웠는지 물었다. 그녀는 중학교 때부터 한국어에 관심이 있었던 터라 독학으로 한국어를 배웠고, 대학에 가서도 한국어 공부를 지속하고 싶었다고 했다. 그러나 W대학에는 한국어과가 없었다. 그녀가 고민 끝에 내린 결정은 이랬다.

"한국어랑 일본어랑 비슷하니까 일본어과를 선택했어요."

사실, 그 이야기는 내가 W대학에 근무하는 동안 학생들로부터 적지 않게 들어온 말이었다. 일본어에 관심이 없었지만 한국어를 배울 수 있는 곳이 마땅하지 않아 일본어과에 적을 두고 학교에서 제공하는 한국어 수업을 듣는 이야기가 바로 그것이었다. 물론 그들의 한국어 실력은 일본어 실력보다 월등히 높았다.

그녀는 〈한국어 2〉뿐만 아니라 또 다른 초급 단계인 '한국어 발음' 수업도 들었다. 물론, 그녀에게는 너무 쉬운 과목이었다. 나는 또 그녀를 불러 왜 더 도전적인 과목을 듣지 않느냐고 물었다.

"학교에서 제공하는 한국어 수업은 모두 다 듣고 싶어서 신청했어요."

우선적으로 수강해야 하는 일본어 전공 필수 과목을 제외하고는, 시간이 맞는 한국어 과목은 모두 수강한 것이다. 그 과정이 쉽든 어렵든 그녀는 상관하지 않았다. 한국어를 배울 수 있다면 그것으로 족하다고 했다.

그녀는 한국어 전공자가 될 수 없었지만, 한국어 수업을 몇 과목씩 듣고 혼자 공부해가면서 전공자 못지않은 한국어 실력을 쌓아갔다. 그녀는 침착했지만 절실했고, 조용했지만 열정적이었다. 나는 그녀가 정해진 시간에 한국어를 더 연습할 수 있는 방법을 고민했다. 수업을 더 듣는 일은 무리이니 수업시간을 활용해야 했다.

우선, 나는 그녀에게 수업의 반장 역할을 맡겼다. 원용 씨는 출석체크, 학생들 퀴즈 및 과제 정리를 비롯해 나와 학생들 간의 의사소통을 돕는 일을 해주었다. 그녀는 내가 하는 말을 모두 알아들었고, 그것을 중국어로 정확히 표현할 줄 알았다.

그녀가 정식으로 한국어를 배운 지 일 년이 채 되지 않을 때였다.

2016년 3월 10일. 오늘 수업이 너무 많아서 힘들어요. 그나저나 오늘 조금 추우니까 선생님이 감기 조심하세요. 고생하셨어요.

이는 그녀가 내 수업시간에 쓴 일기의 첫 문장이라고 했다. 내 수업을 들었을 당시 나는 그녀에게, 본 수업은 그녀의 실력에 비해 수업이 쉬우니 과제 종이에 한두 문장을 더 쓰면 체크해주겠다고 한 적이 있었다. 그 말을 들은 그녀는 바로 일기를 써 제출한 것이었다. 원용 씨는 이 문장을 기억하고 있었다. 나는 그녀가 아직도 자신의 '첫 한국어 일기'를 간직하고 있다는 사실에 적잖이 놀랐다.

그녀의 일기를 보니 나는 몇 해 전 그녀를 만났던 대만의 한 강의실이 떠올랐다. 교실은 더웠고 에어컨은 돌아가지 않았다. "너무 덥네, 저기 창문 좀 열어 주세요. 저쪽도." 하고는 서둘러 교탁 옆 창문을 열다가, "이거 왜 안 열리지?"라며 중얼거렸다. 원용 씨는 나의 혼잣말과 행동에 곧바로 반응해 주었다. 뒷자리 학생들에게 창문을 열라고 전달한 뒤, 내 옆 창문은 손수 열었다. 그녀는 창문을 활짝 열고는 다시 제자리에 앉아서 나를 향해 수줍은 듯 활짝 웃어 보였다.

나는 한국어라면 누군가의 중얼거림도 놓치지 않는 그녀에게 한국어로 자신을 표현할 기회를 주고 싶어 이렇게 제안했다.

"일주일에 한 번 상담시간(office hour)에 와서 나랑 얘기하지 않을래요?"

그녀는 흔쾌히 그렇게 하겠다고 답했다. 그렇게 우리는 대화를 시작했다. 한국어로.

첫 상담시간이었다. 대화를 통해 알게 된 것은 그녀는 쌍둥이고, 내가 종종 가는 지하철역 근처에 살고 있으며, 중학교 때 〈미남이시네요〉를 보고 한국 드라마와 한국어에 관심을 갖게 되었다는 것이었다. 자신이 한국어에 푹 빠져 있다는 사실을 부모님은 잘 모르신다는 고백과 함께 자기 과에 몇 안 되는 남학생 중에 '공개된 게이 커플'이 있다는 정보(?)도 알려주었다.

저의 당시 한국어 말하기 실력은 쉬운 대화만 하는 수준이었는데 선생님과 1대 1로 대화하는 것은 정말 저를 숨을 못 쉬게 했습니다.

말하는 동안 눈치채지 못했는데, 그녀의 메일을 통해 우리의 첫 대화에서 그녀가 너무 긴장했다는 사실을 알았다. 그러나 그 긴장은 서서히 누그러졌다. 한동안 나는 상담시간에 원용 씨를 오게 했고 그녀는 천천히 그러나 아주 정확하게 한국어로 대화를 이어갔다. 자기 생각을 차분히 이야기해가거나 긴장한 듯했지만 가끔씩 소리 내어 웃는 모습이 참 예뻤다고 기억한다.

"한국에 교환학생으로 가고 싶어요."

당시 원용 씨의 꿈은 실현되기가 어려웠다. 그녀는 일본어과 학생이었기 때문에 한국으로 교환학생을 가서 일본어과에서 요구하는 학점을 제때 취득하지 못할 경우 졸업 시기가 미뤄질 수 있었기 때문이었다. 결국, 원용 씨는 제때 졸업을 해야겠다는 생각에 한국에 교환학생으로 가는 일을 포기했다. 그것은 그녀 부모님의 뜻이기도 했다.

원용 씨는 이 결정을 내내 후회했지만 그 아쉬움은 오래 가지 않았다. 그녀는 한국어와 접목할 수 있는 학문에 대해 알아봤고, 오랜 고심 끝에 대학 2년을 마친 뒤 타이베이상업대학교(Taipei University of Business)로 편입해 경영학을 전공하게 되었다. 마침 그 대학에도 한국 자매 대학이 있어 알아보니, 교환학생으로 한국에 다녀와도 학점 이수에 큰 문제가 없다고 해서 한국 교환학생으로 지원했고 결국 선발되어 자신의 제1지망인 대구 경북대학교에서 한 학기 동안 공부할 수 있었다.

2019년 여름, 원용 씨는 대학을 졸업한 후에도 한국에서 더 공부하고 싶다는 생각에 대만 교육부가 제공하는 '赴韓研修韓語文交換奬學金(한국 내 어학연수 장학금)'이라는 장학 프로그램에 지원해 1등으로 합격했다. 그리고 경북대학교에서 한 학기, 서울대학교에서 한 학기 동안 공부할 수 있게 되었다. W대학에 재학 중일 때 놓친 한국 유학 기회를 이렇게 연달아 얻게 된 것이었다.

2020년 5월. 그녀는 타이베이에 있는 대만 섬유 무역 회사에 취업했다. 그 회사는 한국 원단을 수입해 대만 내 바이어나 해외 바이어들에게 판매하는 곳인데, 원용 씨는 한국 섬유 공장에 원단에 대해 문의하거나, 아이템 요청이나 아이템의 수출입과 운송을 원활히 진행하기 위해 공장과 소통하는 업무를 맡고 있다. 또, 한국 시장 진출을 계획하는 대만 정수기 회사의 마케팅 정보 수집, 공식 사이트와 SNS 게시글, 판매 상품 설명서, 고객 문의 답변 등을 한국어로 번역하고 있으며, 한국 네이버 블로거와 협찬 등의 일도 한다.

원용 씨는 대만 기업이 한국 기업 및 고객들과 원활하게 소통할 수 있도록 도와주는 역할과 함께 그녀의 바람대로 한국어를 사용하는 업무를 하게 되었다.

"한국어 책을 번역하는 전문 번역가로 일하고 싶어요."

번역 업무를 지속해서 한국 책도 자주 접하게 된 그녀는 이제 한국의 좋은 책을 대만에 소개하는 전문 번역인이 되고 싶다고 한다. 그녀의 글솜씨라면 꼭 해낼 수 있으리라 믿는다.

혹시 누가 아는가? 내가 낸 책을 원용 씨가 번역해 대만 현지 서점에 꽂히게 되는 날이 올지. 그날이 머지않아 올 것이라 상상해본다.

초급 한국어 반에서 만난 학생과 동료로 함께 일하게 되는 날, 나도 그녀도 오래 간직했던 꿈을 이루는 날이 되겠지.

원용 씨가 꼭 하고 싶어 하는 말을 전해본다.

과거의 저가 그러하였듯 저는 여전히 한국어를 사랑하고 있고 앞으로도 계속 한국어를 중심으로 살고 싶습니다. 저에게 한국어는 무엇을 하기 위해 혹은 무엇이 되기 위해 배워야 하는 도구가 아닌 오히려 잘 배우면 무엇을 할 수 있게 되고, 무엇이 될 수 있는지에 대한 시각을 넓혀 저를 더 탄탄하게 만들 수 있는 재능이면서 축복 이라고 생각합니다.

자신의 한국어가 축복이라고 말하는 그녀가 더 큰 꿈을 이루기를 바란다.

대만살이 팁

교육 기관에서 정식으로 한국어를 배우지 않아도 뛰어난 한국 어 실력을 갖춘 대만 학생들이 적지 않았다. 진학이나 취업 같 은 외적 동기가 아닌 그저 좋아서, 관심이 있어서 스스로 열심 히 공부해 중급 수준으로 한국어 능력을 갖춘 학생들을 매 학기 만났다. 순수한 목적으로 한국어를 배우고, 한국인들과 대화하 고자 하는 학생들도 많다. 현실이든 가상 공간이든 이들을 만난 다면, 게다가 이들이 당신에게 한국어로 말을 건다면 당신도 이 들에게 반갑게 인사를 건네면 좋겠다. 영어도, 중국어도 아닌, 한국어로 말이다. 적어도 인사만이라도 말이다.

건강한 사회인으로 성장한 대만 학생
- 공차(Gong cha)에 근무 중인 도상화(涂翔樺) 이야기

"아시다시피 저는 중국어를 전혀 못 하며, 대만에서 살아
본 적도 없습니다. 제가 대만 생활에 적응해나갈 수 있도록
도와줄 학생을 한 명 소개해주셨으면 합니다."

대만에 가기 한 달 전쯤 나는 학과에 위와 같은 사항을 요
청했다. 현지에서 해결해야 할 일은 열 가지가 넘었고, 그중
에서 내가 한국어로 해결할 수 있는 일은 단 하나도 없었기
때문이었다.

요청대로 학교 측에서는 학생을 한 명 소개해주었다. 그렇
게 도상화(涂翔樺) 군을 만나게 되었다.

도상화 군은 군데군데 어색한 표현을 쓰기는 했지만 한국
어가 제법 유창했다. 좀 더 솔직히 말하자면, 한국어를 '겁 없
이' 썼다. 으레 외국인 앞에서 그 나라 말을 쓸 때에는 '이 말
이 맞나, 안 맞나?'라는 고민을 하거나, 약간의 긴장이 서리
게 마련이다. 그러나 그는 자기가 하는 말이 맞는지 틀리는
지에 대한 고민이 전혀 없어 보였다. 그냥 말했고, 말하는 동

안 신나 있었다. 나는 그의 한국어가 마냥 신기했다.

그는 중학교 때부터 엄마와 함께 한국 드라마를 보며 자랐다고 했다. 대학에 입학해서 본격적으로 한국어를 배우면서 전공인 영어보다 한국어에 더 끌렸고, 시간도 더 많이 투자해 공부했다. 그는 3학년 때 한 학기 동안 한국의 한동대학교에 교환학생으로 가게 되었다. 한국어를 공부하면 할수록 재미있었고, 할 일도 점점 늘어났다고 했다. 한국어 실력이 어느 정도 궤도에 오르니 한국어-중국어 통역, 번역 업무를 맡게 되었고, 특히 한국 방송계 관계자와 꾸준히 일하기 시작했다.

MBC 주말 드라마 〈여왕의 꽃〉은 가오슝의 치진반도에서 오랜 기간 촬영되었다. 당시 한국어 능력이 출중한 학생들이 대거 투입되었는데, 대부분이 그 학교 재학생들이었다. 그 일을 통해 많은 학생이 한국어 전문 통역, 번역 일에 매력을 느끼게 되었고, 관련된 일을 본격적으로 하게 되기도 했는데 도상화 군도 그중의 한 명이었다. 한국어를 쓰면서 간간이 일하는 그가 기특했다. 아르바이트와 학업도 병행했지만 그는 지쳐 보이지 않았다.

그러던 어느 날이었다. 4학년 2학기 동안 한국어 수업을 두 과목 들으며 한국어능력시험과 쓰기 능력을 키우고 싶다던 그가 돌연 한 과목만 들어야겠다고 말했다. 이유를 물었더니 그는 한국 방송 관계자와 몇 차례 일을 하며 연락을 주고받다가 한국의 연예 기획사에 지원을 하기로 결심했다고 했다. 졸업 후 한국에 한 달간 머물며 연예 기획사 입사를 준비하겠다고도 했다. 나는 그의 이야기가 현실적으로 가능한지 잘 몰랐으나, 일단 그에게 '바람을 넣은' 사람이 믿을 만한 사람인지 확인해보라고 했다. 그런데 그에게 바람이 아닌 '정보를 준' 이는 정말 국내 굴지의 연예 기획사 소속이었고, 그에게 말하는 내용으로 봐 믿을 만한 사람으로 보였다.

다음 문제는 돈벌이였다. 그는 한국에 한 달간 체류하기 위해 돈을 모아야 했고, 당시 정기적으로 하고 있던 아르바이트 이외에 다른 일을 하나 더 해야 한다고 했다. 그래서 한국어 수업을 하나밖에 들을 수 없다고 했다. 한국에서 일하겠다는 학생이 한국어 수업을 덜 듣거나 한국어 공부에 시간을 덜 투자하는 일은 바람직하지 않아 보였다.

그의 일이 내내 신경이 쓰였다. 서울에 있는 남편과 상의해 졸업 후 한 달간 상화 군이 남편과 함께 우리 집에 머물 수 있게 했다. 그의 한국행이 큰 성과가 없을지도 모를 거란 생각이 들었지만, 그것은 어디까지나 오랜 직장 생활로 터득한 나의 직감에 불과했고, 그가 품고 있는 꿈을 실현하고자 하는 일은 그것이 무엇이 되었든 필요할 거란 판단이 섰다. 무엇보다도, 상화 군은 나와 아이가 대만 생활에 정착할 수 있도록 물심양면으로 도와준 은인이었다. 그는 진심으로 우리의 대만 생활을 걱정해주었고, 사소한 일이라 할지라도 기꺼이 도와주었다. 그런 그가 한국에서 제 꿈을 펼치는 첫 단계를 밟는 일을 도울 수 있는 기회가 왔는데, 마다할 이유가 없었다. 고맙게도 남편도 내 뜻을 이해해주었다.

그는 제대 후(대만 젊은 남성들도 군대에 가야 한다.) 대만 타이중(台中)에 위치한 미국계 반도체 회사에서 근무했다. 한국인이 대표로 있는 회사이며, 주로 한국어-중국어 통번역 일을 맡고 있다. 여전히 한국인들 사이에서 한국어로 이야기하는 일을 좋아하며, 한국인들이 그에게 건네는, "혹시 한국 사람이에요?"라는 말을 듣기 좋아했다. 몇 년 후, 그는 가오슝으로 돌아왔다. 이직을 했기 때문이었는데 그가 새로 일하게 된 회사는 한국에도 익히 알려진 음료 회사, 공차(Gong cha)였다.

그는 현재도 공차에서 일하고 있으며 해외영업부 매니저를 맡고 있다. 말레이시아, 브루나이, 베트남, 미국 캘리포니아, 영국, 싱가포르 등 각 나라의 가맹점 문제를 담당 관리하고 있다. 공차는 미국, 영국, 한국, 일본, 대만 모두에 사무실이 있는데 대만 지점에도 한국 상사가 있으니 기본적인 대화는 한국어로 하고 있다고 한다. 그는 현재의 업무에 만족하고 있으며 앞으로 기회가 있다면 더 도전적인 일을 하고 싶다는 뜻을 전했다.

내가 오랜 사회생활을 통해 터득한 것 중의 하나는 바로

'포기'였다. 적당히 타협하고 포기하면서 분란을 만들지 않고 가만히 시키는 대로 하면 중간은 간다는 이치를 자주 깨닫곤 한다. 그리고 함께 일하는 이들 또한, 아무 일도 만들지 않는 것이 가장 잘하는 일이라고 내게 넌지시 알려주는 것도 같았다.

그러나 상화 군을 비롯한 이십 대의 젊은이들을 보면서, 자기가 하고자 하는 일을 위해 밀고 나가는 힘이 얼마나 건강한 에너지인지 다시금 깨닫는다. 그들은 지레 겁을 먹고 포기해 버리기 전, 때로는 터무니없어 보일지라도 기대하고 꿈을 꾼다. 나는 그것이 이십 대의 건강한 에너지라고 생각한다. 그러한 과정이 없다면 과연 우리는 무엇을 얻을 수 있었을까? 나 또한 숱하게 이곳저곳에 이력서를 넣었고, 붙은 곳보다 떨어진 곳이 훨씬 더 많았고, 계획한 제안을 학교나 상사나 관계자들에게 제출했을 때, "You are dreaming.(꿈깨, 혹은 놀고 있네, 의 의미가 함축된 눈빛과 함께)"라는 말도 들었다. 지나고 보니, 내가 정말 꿈에서 깨어나 현실을 직시해야 하는 일도 많았지만, 누군가의 눈에 '정신 못 차리고 놀고 있네'라고 비치는 단계가 없었다면, 상대의 태도에 주눅만 잔뜩 들었다면, 아무것도 하지 못했을 것이다.

물론 결과도 중요하다. 상화 군이 기대한 대로 한국 연예 기획사에 한 번에 딱, 붙었다면 그가 더 기뻐했을지도 모른다. 하지만 결과만 중요하지는 않다. 그는 그것을 모르지 않을 것이다. 그리하여 그는, 한때 한국 대기업에서 오래 일해 온 상사들과 말로만 듣던 한국 직장인의 회식 문화를 경험 하며, 영화 〈택시운전사〉를 보고 대만의 민주화 운동을 떠올 리며 울기도 하고, 각종 한국 연예계 소식에 귀를 쫑긋하며 보내는 일상에 이어 연예기획사는 아니지만 본인에게 맞는 직업을 찾게 된 것이다.

그는 현재의 일에 만족하고 있다. 자신의 재능을 발휘할 수 있는 직종이며 한국인과 함께하며 한국어와 한국을 알아 가는 일이기 때문이기도 하다. 이처럼 그는 건강한 사회인으 로 성장했다. 그의 올바르고 긍정적인 태도가 지금의 그를 만들었다는 사실에는 의심의 여지가 없었다.

대만살이 팁

대만 남성들도 군대에 가야 한다. 복무 기간은 4개월로, 기간을 나누어(예를 들면, 두 달씩 2회로) 복무할 수도 있고, 주말에는 휴가 를 내고 집에 올 수도 있다는 점이 한국의 군대와 다르다.

4장

집 나간 자존감 찾기

도서관에서 자아 찾기

조 선생의 한국 책 읽기 활동

사람들이 종종 내게 묻는다.

"대만에서 제일 힘들었던 게 뭔가요?"

난 망설이지 않고 대답한다.

"배달."

1인 1오토바이로 사는 대만에서는 배달이 필요 없어 보인다. 하지만 전화 한 통이나 버튼 몇 개로 먹고사는 일을 해결하던 '배달의 왕국' 출신에게는 배달 없는 쇼핑은 극심한 육체적 고통을 남기곤 한다.

배달 없는 생활이 육체적 고통을 줬다면, 할 말 똑바로 못 하는 생활은 내게 정신적 고통을 줬다. 멀쩡한 성인이 핸드폰이 안 되거나 심한 감기에 시달리거나 신용카드 문제로 경고장이 날라오거나 기타 등등 문제가 있어도 말을 못 해서 도와줄 누군가를 기다려야 하거나, 따지고 싶은 일이 벌어져도 생각을 정확하게 표현하지 못하고 "아, 됐어요, 괜찮아요"

라며, 되지도 괜찮지도 않은 상황을 짧은 말 몇 마디로 넘겨야 할 때, 자존감은 바닥을 친다. 그렇게 바닥에서 헤매던 자존감 회복을 위해 '기초 중국어 회화'를 연습하고 있을 무렵 연락을 받았다.

가오슝시립도서관(高雄市立圖書館) 사서였다. 부산시립도서관으로부터 한국 동화책을 기증받았는데, 그 책을 가오슝 어린이들이 읽게 하면 좋겠다는 말이었다. 그러더니 나더러 대만 아이들에게 동화책을 읽어주고 한국에 대해 소개도 해달라고 했다. 그 말을 듣고 나는 그녀에게 지체 없이 물었다.

"내가 중국어를 잘 못 하는 거, 아시나요?"

당시 대만에 산 지 일 년도 채 되지 않았을 때로, 내 중국어 실력은 겨우 편의점에서 원 플러스 원 행사하는 물건을 확인하고 사는 정도였다. 동화책 내용을 중국어로 번역해서 알려줄 수 있는 수준은 전혀 아니었다. 나는 그녀에게 솔직하게 말했다. 아주 더듬더듬, 드문드문 상황에 맞는 단어를 써 나의 의도를 전달했다. 나의 서툰 중국어 실력을 이해한 사서는(그 사서는 내가 일했던 대학에서 외국인을 위한 중국어 교육을 전공했다. 그리하여 외국인이 하는 어색한 중국어를 이해하는 데 보통 대만인들보다 특출한 재능이 있었다), 중국어를 잘하지 못해도 좋으니 한국어를 전문적으로 가르치는 한국인이 와주었으면 좋겠다며, 중국어는 대만 친구가 도와주면 되지 않느냐고 했다. 그녀는 그렇게 외국인이 납득할 수 있는 아주 간단하고

한국문화 행사의 달 포스터
(가오슝시립도서관 제공)

쉬운 중국어로 나를 설득했다.

도서관, 어린이, 동화책, 이야기, 한국어, 중국어. 내가 관심을 가질 만한 키워드를 나열했고, 학교 수업을 빼고는 딱히 할 만한 일도 없었으며, 또 나를 찾는 사람도 거의 없었기에 조금 망설이기도 했지만, 결국엔 기꺼이 하겠다고 했다. 그리고 진짜 했다.

알고 보니 2016년 6월은 가오슝시립도서관에서 주최하는 한국문화 행사의 달이었다. 6월 5일에는 한국인 조 선생이 활동을 진행한다고 포스터에 적혀 있었다.

행사 2주 전쯤 도서관에 가서 아이들이 읽을 만한 책을 고르기로 했다. 도서관에 가 보니 상상 이상으로 책이 많았는데, 모두 새 책이었다. 너무나도 오랜만에 한국 책을 보니 눈이 휘둥그레졌다. 대만에서 한국어로 된 책을 보기는 쉽지 않았다. 출판사 직원이 사무실을 방문해 건네준 한국어 교재나 한국어능력시험 준비 교재 몇 권이 다였다. 학교 도서관에 비치된 대부분의 책은 모두 중국어로 되어 있었다. 그런데 가오슝시립도서관은 한국 책을 5,000여 권이나 보유하고 있었다. 한국 책을 사이에 두고 둘러보는 일 자체로 나는 많이 들떴다.

한국에서 아이를 중학교 2학년 1학기까지 보낸 학부모로서, 아이들이 어떤 책을 읽으면 재미있어했는지를 그려보았다. 여러 권을 검토한 끝에 한글 기초를 알려주는 도서, 한국의 명절 등 고유문화를 알려주는 도서, 『열두 띠 이야기』와 같이 대만과 비슷한 문화를 보여주는 도서, 똥 이야기저럼 유아들의 정서를 자극하는 도서 등을 선별했다.

가오슝에 거주하는 거류증 소지자인 까닭에 책을 대출할 수 있었고, 함께 간 대만 친구와 함께 활동 준비를 시작했다. 그 친구는 내가 근무한 학교의 졸업생이자 교직원이었는데, 우리는 교내 산악활동에서 만나 친해진 사이였다.

아이들이 그림을 그리고 게임을 할 수 있도록 활동지를 만

가오슝시립도서관 제공

들었고, 내가 한국어로 한 문장을 읽으면 대만 친구가 다음 문장을 읽는 식으로 책 읽기를 진행했다. 아이들은 한국어를 들으며, 중국어로 의미도 파악할 수 있었다.

참석자 중에는 아직 글을 못 읽는 유아도 있었기에 연령에 맞게 소리 내어 책을 읽어주는 활동이 필요했다. 중국어도 못 쓰는 아이들이 간단한 한글을 읽고 쓰자, 그것을 본 학부모들은 무척 뿌듯해했다. 한글을 읽겠다고 손을 번쩍 들었으나 소리가 의욕만큼 나오지 않았던 아이는, 엄마가 뒤에서 몰래(?) 알려준 '기차', '나무' 등을 말하기도 했다.

그날 아주 오랜만에 만족감을 느꼈다. 그 만족감은 높아진

자존감과 같았다. 내가 진행한 행사에 아이들이 엄청 많이 와서도, 갑자기 모든 사람이 한국에 부쩍 관심을 갖게 돼서도 아닌, 그저 내가 거류증을 소지한 정식 거주자이자 공동체 일원으로서 무언가를 했다는 사실에 만족했기 때문이다. 그 활동을 하기 전까지 나는 학교라는 안전한 울타리를 벗어나면 그냥 누군가의 도움을 절실히 기다리는 외국인일 뿐이었다. 만족감과 함께 한국 도서관에서 받았던 혜택을 가오슝에서 시민들에게 돌려줬다는 뿌듯함도 느꼈다.

한국에서도 유사한 경험을 한 적이 있다. 서울 용산어린이도서관에서는 아이들을 위한 다양한 활동을 하고 있었고, 나는 아이와 함께 그 행사에 참여했다. 그중에서 작가와의 대화 시간과 독서 캠프가 가장 인상적이었다. 그런데 2016년에는 내가 가오슝 시민이 되어 그곳 사람들을 위한 행사에 도움이 되는 일을 하니, 받은 만큼 돌려주는 성숙한 문화 시민의 역할을 했다는 생각에 큰 보람을 느꼈다.

'조 선생의 한국 책 읽기' 활동은 대만에 거주했던 4년간 지속되었으며, 당시 고등학생이었던 내 아이와 한국어가 유창한 대만 대학생들이 자원봉사로 함께하는 행사로 자리 잡았다. 물론 나도 첫해를 제외하고는 봉사활동으로 참여했다. 무엇보다도, 부산 금정도서관으로부터 기증받은 한국의 좋은 그림책들이 대만 시립도서관에 진열된 모습을 보는 것만으로도 뿌듯했는데, 그 많은 책 중 대표적인 작품들을 조금씩 소개할 기회까지 얻으니 더 영광스러웠다.

부산-가오슝 문화 교류 활동

가오슝시립도서관의 건축 테마는 '한 그루의 나무'였다. 엄밀히 말하자면, '도서관 속의 나무, 나무 속의 도서관(「樹中有館, 館中有樹的綠建築文化地標」)'을 표방했으며, 실제 그곳에는 본관 내부를 가로지르며 자라는 한 그루의 나무가 있었다.

가오슝시는 "독서를 편하게 할 수 있는 공간, 도서가 풍부한 도서관"이 시급하다고 판단하고, 2008년부터 도서관을 일 년에 하나씩 증축하는 것을 목표로 삼았다. 2004년부터 2006년까지 여섯 개의 신관을 세웠으며, 현재 가오슝시에는 59개의 도서관이 있다. 2014년에 문을 연 가오슝시립도서관 본관은 증축 전, '백만장서 모아 대대손손 지식과 사랑을 전하자(「募新書百萬. 傳愛智代代」)'는 모토를 내걸었는데, 이것은 가오슝 시민운동으로 확대되었다. 시민들은 십시일반 돈을 모았으며, 기업들도 도서관 증축에 도움을 주었다. 많은 시민의 참여로 세워진 가오슝시립도서관은 가오슝시의 자랑이 되었다.

또 한 번, 도서관 직원으로부터 연락이 왔다. 이번엔 메일이었다. 부산시에서 책을 또다시 기증해주는데, 시장님을 포함한 부산시정부 공무원들이 참석해 도서관에서 정식으로 기증식을 연다는 것이었다. 내게 그 행사의 사회를 맡아달라고 했다. 나는 다시 한번 솔직하게 말해야 했다.

도서관 행사에 저를 초대해 주셔서 진심으로 감사합니다. 저는 사회를 맡는 일에 관심이 있습니다. 그렇지만 저는 한국어, 중국어 원고가 미리 준비되어야만 진행할 수 있습니다. 즉시 그 자리에서 통역하는 일은 저에게 무리입니다. 부디 저의 중국어 능력을 감안해서 다시 생각해보시길 바랍니다.

다음 날 도서관 직원에게서 답장이 왔다.

중국어 담당 사회는 도서관 직원 한 명이 맡고, 한국어 진행은 선생님이 맡으면 될 것 같습니다. 물론 원고도 미리 준비할 것이며, 선생님이 그걸 보고 미리 번역해서 한국어 부분을 준비하면 좋겠습니다. 관심 가져주셔서 감사합니다.

이 글을 읽고 용기를 내었고 결국 하겠다고 했다. 행사 준비를 위해 두 차례 도서관에 가서 각각 세 시간가량의 일정을 소화했다. 도서관 전반의 이해를 위해 지하부터 지상 8층, 옥상까지 투어를 했다. 대략적인 부산시 정부 관계자들의 일정표를 확인했으며, 진행자의 원고 초고를 받아 검토했다. 참석자가 변경되고, 기념품이 추가되어 행사 당일 새벽 1시까지 진행 원고가 바뀌었다.

행사 리허설에는 도서관장이 직접 들러 동선을 일일이 점검했다. 그리고는 내게 한국인들을 대할 때 특히 주의해야 할 점이 무엇이냐고 물었고, 나는 인사를 할 때에는 목례를 해야 한다고 대답했다. 함께 사회를 보는 직원에게도 진행 시작과 끝에는 꼭 목례를 하자고 제안했다. 그리고 직원들은 "안녕하세요?"와 "감사합니다"를 비롯해 참석자의 이름을 한국어식으로 읽는 연습을 했다.

전문직 대만인(도서관 직원) 사이에서 한국어와 한국인을 대하는 매너에 대해 알려주는 일은, 그들 사이에서 중국어를 배우며 대만인들의 업무 성향에 대해 알아가는 과정만큼이나 중요하고 특별했다.

다음은 사회를 진행할 때 준비한 원고의 한국어 버전이다.

부산시와 가오슝시 정부는 아시아에서 가장 중요한 자매도시이며, 가오슝시립도서관은 부산시의 관심과 사랑을 받아왔습니다. 2014년 11월 본관 개막식 당시, 부산시와 부산 금정도서관 측에서 도서를 기증해주셨으며, 부산 금정도서관장님께서 친히 개막식과 세미나에 참석해주셨습니다. 이러한 부산시 측의 참여는 본 도서관이 내실을 기하는 데에 큰 도움이 되었습니다. 부산시와 부산 금정두서관은 지속해서 5천여 권의 새 서적을 기증해주셨습니다. 기증해주신 도서는 내용이 다양하고 풍부했으며, 그중 어린이 그림책이 가장 많았습니다. 증정해주신 도서는 본 도서관을 애용하는 어린이들의 사랑을 받았을 뿐만 아니라 부산시가 얼마나 창의적이고 활력과 문화 역량이 넘치는 곳인지를 알 수 있게끔 해주었습니다. 이번에 친히 가오슝시를 방문하셔서 부산시정부와 금정도서관 측에서는 본 도서관에 2백 권의 도서를 또 한 번 기증해주셨습니다. 귀한 독서 자료를 지원해주신 부산시 관계자분들께 진심으로 감사의 마음을 전해드립니다.

부산시와 부산 금정도서관이 책을 기증해준 덕분에 가오슝에서 한국 책을 볼 수 있게 된 것은 사실이다. 앞으로 부산시뿐만 아니라 우리나라 차원에서 해외도서관과의 교류를 활성화하고, 도서 기증과 문화 교류가 확대되길 진심으로 바란다.

거대한 도서관, 한 그루의 커다란 나무를 키우듯 시간과 정성이 필요한 일이다. 가오슝시립도서관은 건축물을 세우기 전, 건축가가 오랜 시간을 들여 가오슝 시민의 활동을 유심히 관찰하고 만들었다고 한다. 가오슝 시민들이 휴식 시간에 나무 그늘을 찾는 모습을 자주 목격한 건축가가 나무와 책, 그리고 도서관의 연관성을 찾아 '한 그루의 나무' 같은 도서관을 짓게 된 것이다.

한 그루 나무와 한 사람을 키우는 도서관.

그 나무가, 그 사람이 당신이기를.

대만살이 팁

대만의 유명한 동화작가로는 천즈위엔(陳致元)을 꼽을 수 있다. 한국에도 그의 작품이 번역 출간되었는데 그중 『악어오리 구지 구지』가 가장 유명하다. 작가는 해외에서 만난 한국계 미국인 친구의 이야기를 모티브로 이 작품을 구상했다고 한다. 가오슝 시립도서관에서는 천즈위엔 특별 행사를 열었는데 나는 한국에서 출판된 그의 동화책을 대만 어린이들과 함께 읽는 활동을 했으며 이 행사를 통해 작가 천즈위엔을 만나 팬심을 직접 전하기도 했다. 대만의 대표작가 천즈위엔의 작품은 아이들과 읽어보기를 추천한다.

오늘의 성취 목록 작성

대만 남부 타이난(台南)에 있는 온천에 갔을 때였다. 접근성이 떨어져 현지인이 아니면 가기 힘든 곳이라는 말에 망설임 없이 그곳을 가족 여행지로 잡았다. 가오슝 기차역에서 타이난 기차역까지 일반 열차를, 역에서 숙소까지 택시를 타고 목적지로 향했다.

대관령 고개를 넘듯 구불구불 험준한 산등성이를 올라 숙소에 도착했다. 온천탕이 숙소에 달려 있었다. 급한 마음에 욕조에 물부터 채우기 시작했다. 수도꼭지에서 뜨거운 온천물이 콸콸 쏟아지고 있다는 사실이 실감 나지 않았다. 커다란 온천탕에 몸을 담갔다. 숙소에서 제공한 머드도 얼굴에 발랐다. 물이 뜨거워지자 욕실의 온도는 금세 올라갔고, 얼굴의 진흙은 서서히 굳어갔다.

온천욕을 마치니 허기가 몰려왔다. 카운터에 연락해 통닭을 주문했다. 잠시 후, 그 유명하다는 현지 토종닭이 배달되었다. 접시 위에 올려진 은색의 둥근 뚜껑을 여니, 닭이 앉아 있었다!

자고로 닭이란, 다리가 꼬인 채 탕 속에 있거나, 목이 잘린 채 엎드려 있거나, 토막 난 채 박스 안에 들어 있어야 했다. 그런데 배달된 닭은, 머리 아니 벼슬부터 발끝까지 온전한 형체를 유지한 채 앉아 있는 것이 아닌가.

닭의 평온한 얼굴을 보니 생각에 생각이 꼬리를 물었다. 혹시라도 얘가 눈을 번쩍 뜨고, 모가지를 길게 빼고는 "꼬끼오" 하고 외치면 어쩌나. 몸통에 붙어버린 날개가 움직이기라도 해서 발 없는 닭이 천 리 가는 모습을 보여주면 어쩌나. 그러기 전에 얘를 내 옆자리 의자에 앉혀주기라도 해야 하는 건가. 그러고는 그에게 "네가 익어가는 동안 일어났던 일들 좀 얘기해주렴"이라고 따뜻한 말 한마디라도 건네야 하나, 뭐 이런 쓸데없는 생각들.

애초에 생각 따위는 필요 없었다. 나는 닭을 먹어야 했다. 닭이 깔고 앉은 은빛 방석 옆에 면장갑과 비닐장갑이 놓여 있었다. 나는 그것을 손에 끼고 어깨를 쭉, 폈다. 왼손으로는 몸통을, 오른손으로는 대가리를 잡았다. 그리고 모가지를 비틀었다.

대가리, 성공적.

머리와 목 분리는 생각보다 금세 끝났다. 대가리는 비닐에 싸서 쓰레기통에 버렸다. 철로 된 통에서 "퉁" 하는 소리가 작게 울렸다.

나는 그날 '오늘의 성취 목록'에 하나를 더 추가했다.

1. 오전에 영선반 직원에게 우리집 정수기에서 물이 안 나온다고 말했다.
2. 치과에 전화를 걸어 예약 확인을 했다.
3. 기차를 타고 목적지까지 갔다.
4. 예약한 호텔에 무사히 도착했다. 그곳은 아주 깊은 산골이었다.
5. 호텔 카운터에 전화해 통닭을 주문했다.
6. 직접 면장갑과 비닐장갑을 겹으로 끼고 통닭의 대가리를 뜯어냈다.

혼자서 못 할 것 같았던 일을 다른 사람의 도움 없이 해낸 자신을 "토닥토닥" 해주기 위해. 그렇게 '오늘의 성취 목록'을 직접 써 내려갔다. 이 목록을 하나씩 써가면서 느낀 것이 있나.

외국어 학습에서 중요한 점은 낯선 시스템을 이해하고 실제로 써보는 용기였다. 그래서 나는 당연하지만 때론 당연하지 않은, 쉽지만 때론 쉽지 않은 일들을 하나씩 할 때마다 그날의 용기 있는 행동을 하나씩 적어나갔다.

외국에서의 용기 있는 행동은 종교나 정치 문제로 탄압받는 민중을 위해 목소리를 높이는 것, 동성결혼 합법화를 위해 광장에서 무지개 깃발을 흔드는 것 못지않게 통닭이 대가리를 달고 나왔을 때 그걸 뜯고 먹느냐 안 먹느냐, 점원을 부르느냐 마느냐, 떼어낸 대가리를 먹느냐 마느냐도 중요한 일이었다. 일상에서 당연히 해야 하는 일을 그곳의 상황과 통념이나 습관에 맞춰 하나씩 해나가는 것이 보다 인간답게 사는 과정임을, 그렇게 천천히 알아나갔다.

어쨌거나 통닭은 맛있었다.

대만살이 팁

어디에서 무엇을 하든 '오늘의 성취 목록'을 쓴다.

평소보다 일찍 기상해도, 평소에 오천 보를 걷다가 오늘 칠천 보를 걸어도 그것은 분명 '성취'가 된다. 대만에서 처음으로 전화로 택시를 불렀을 때, 나는 '오늘의 성취 목록' 작성을 시작했다. 쉽지 않은 일을 해냈으니 말이다. 택시를 부르는 말은 다음과 같다.

"안녕하십니까? 저는 택시가 지금 필요합니다. 주소는 이렇습니다(주소 말하기). 네, 그렇습니까? 2분 후에 도착하는 걸로 알겠습니다. 택시 번호는 5432 맞지요?"

이 모든 문장을 구사하고 질문에 대한 답을 완성하는 일은 중국어 초급 학습자에게는 '도전'이 아닐 수 없었으니 자신을 한 번쯤 칭찬해주는 일도 필요했다.

네게 너무 신기한 나

외국인 장기자랑.

명절이면 어김없이 TV에서 볼 수 있었던 프로그램이다. 한복을 입은 외국인들이 〈칠갑산〉이나 〈개똥벌레〉 같은 노래를 부르면, 방청객들은 함박웃음을 지으며 박수를 쳤다. 덩치가 큰 외국 아저씨가 콧바람으로 촛불을 끄거나 입에 밧줄을 물고 무거운 물건을 옮기면 다들 환호했다. 다양한 국적의 외국인들의 "쑈"가 끝나고 사회자가 출연한 외국인에게 마이크를 넘기면, 외국인이 엄지를 치켜들고 "한국 좋아요", "김치 맛있어요", "태권도 알아요" 등을 어눌하게 말했다. 그러면 다시 사회자는 이렇게 응대했다.

"아이구, 한국말 잘하시네요!"

콧바람으로 촛불을 끄지 않아도, 이단옆차기로 송판 스무 장을 부숴버리지 않아도, 밧줄 하나로 자동차를 옮기는 차력 없이도, 우리는 존재만으로 누군가에게 신기하거나 두려운 대상이 되기도 한다. 가오슝에서 내가 그랬다.

아들과 둘이 걸어가면 사람들이 슬쩍 쳐다봤다. 우리는 누가 봐도 피부가 가무잡잡한 대만 남부인들과는 다르게 생겼고, 그들과 다른 언어를 쓰니까 그랬을 거다. 우리가 입을 열면 많은 사람이 우리를 향해 고개를 돌렸으며, 식당이나 미용실, 커피숍 등에서 우리가 좀 더 긴 시간 이야기를 하면, 아예 의자를 우리 쪽으로 돌리고 쳐다보는 사람도 있었다. 심지어 캠퍼스 안에서도 내가 지나가면 학생들은 장난삼아 "안녕" 하고 낄낄거리거나, 엘리베이터 안에서 만난 나를 가리키며 중국어로 "한국 사람, 한국 선생님"이라며 쑥덕거리기도 했다.

은행에서의 일이다. 통장에 문제가 생겨 은행 직원과 대화를 하고 있었다. 직원은 무척 친절했고, 내가 혹시라도 이해하지 못한 부분이 있을까 재차 확인해주었다. 업무가 끝나고 가려는데 그녀는 내게 이렇게 말했다.

"피부가 참 희네요."

그 말은 분명 칭찬이었다. 그녀에게 나는 은행을 방문한 고객이라기보다 그저 피부가 흰 외국인이었다.

나는 대만에서 돈을 받고 일하고, 정식 거류증과 의료보험증도 있으며, 세금도 성실히 납부하고, 5월 말에 직접 세금 환급을 신청해 8월에는 정확히 계산된 세금을 환급받는 정식 거주자였다(대만은 행정적인 처리에 있어서 내국인과 외국인을 차별하지 않는다. 그 점은 참 편리하고 만족스러웠다). 그러나 나는 대만인들과 동등한 자격의 거주민이 아닌, '신기한 외국인'

으로 보일 때가 많았다. 물론 장점도 있었다. 대만인은 외국인들에게 특별히 친절하고, 외국인들을 보살펴줘야 하는 대상이라고 생각해, 모르는 것을 모른다고 솔직하게 말하면 알 때까지 차근차근 설명해준다. 이 또한 예외는 있었다. 어찌되었든 간에, 나는 그곳에서 보통 대만인들처럼 정상적인 일상생활을 영위하는 주민인데도, 그렇게 보지 않는 사람들이 많았다.

장소가 바뀌면 정체성도 바뀐다. 지하철에서 나는 조 선생이 아니고, 직장에서 나는 아이 엄마가 아니다. 한국에서는 이런 이유로 나를 신기하게 보는 이들이 없었다. 하지만 이 국땅에서는 어디를 가도 한 번쯤 눈길이 가는 외국인이 되었다. 생김새와 말투가 다르면, 은행이나 휴대폰 대리점에서는 고객, 학교에서는 선생이나 동료, 지하철에서는 승객, 이러한 일반적인 정체성을 갖는 일조차 간단하지 않았다. 나는 다 큰 어른이 되어서 정체성의 혼란을 겪는 경험을 했다.

외국인 장기사랑에 출연한 그들이 떠올랐다. 그들 또한 명절 때마다 텔레비전에 나와 "콩밭 매는 아낙네" 같은 착한 노래를 부르거나 매운 고추 한 입 베어 물고는 물을 찾으며 '웃기는' 존재가 아닌, 일한 만큼 돈을 벌고, 세금도 내고, 신분증을 발급받은 주민이었는데… 이것을, 대만에서 내가 '중국어를 쓰지 않은 피부가 하얀 외국인'으로 보인다는 사실을 안 후에야 비로소 깨달은 것은 아니었을까?

대만에도 추석이 있다. 대만은 한국과 달리 추석 당일 딱 하루만 쉬며 '외국인 장기자랑' 프로그램을 방영하지도 않는다(물론, 우리나라도 지금은 그런 프로그램이 없다). 우리는 그저 평소처럼 생활할 것이고, 평소처럼 사람들은 나를 쳐다보기도 할 것이다. 그래도 익숙해지지 않는다. 내가 누군가에게 자꾸 이방인으로 보인다는 사실 말이다. 그래도 인정해야 했다. 나는 분명 그들과 다르다는 사실을, 다르지만 동일한 공간에서 동일한 자격으로 하루를 살아가고 있다는 사실을 말이다.

대만살이 팁

대만에도 추석은 휴일이다. 그런데 연휴 없이 딱 하루만 쉰다. 대신 음력설은 최대 명절로 일주일간 쉰다. 대만의 대표 휴일은 2월 28일 민주화 시위 추모일, 4월 5일 전후 청명절, 5월 5일(음력) 단오절이다.

대만에는 징검다리 휴일이 있을 경우, 다음 날 쉬고 그다음 주 토요일에 근무한다. 예를 들면, 단오절이 목요일이라면 목 금 토 일, 사 일을 내리 쉰 뒤, 그다음 주 토요일에 근무한다. 물론, 이는 단체운영자나 학교장 재량에 달려 있다.

내 잘못이 아닌데 내 잘못 같은 일들

W 화장품 가게는 매주 토요일마다 행사를 했다. 488원 이
상을 사면 12% 할인(88折, 88%만 받는다는 뜻)을 해주는 바람
에 화장품이 필요할 때면 토요일에 그곳을 찾았다. 대만에서
는 화장품, 특히 스킨 토너를 많이 썼다. 날이 더우니 세수를
자주 하게 돼서 그랬다.

어느 토요일이었다. 어김없이 특별 행사가 열렸다. 내가 찾
는 스킨 토너가 원 플러스 원 행사를 하고 있었다. 피부의
수분공급을 위해 장바구니에 넣었다. 자주 쓰는 클렌징폼
은 두 개를 사면 하나는 80% 할인을 해준다(第2件2折)고 쓰
여 있었다. 당연히 두 개를 샀다. '이제 대만 생활에 많이 익
숙해졌군. 이렇게 할인행사 제품을 찾아 살 줄도 알고 말이
야.' 스스로가 대견해졌다. 계산을 하고 영수증을 봤다. 그런
데 클렌징폼은 할인이 적용되어 있지 않았다. 점원에게 물었
다. "이거 할인제품 아닌가요?" 점원은 확인하더니 아니라고
했다. 나는 점원에게 말했다. "여기는 이렇게 쓰여 있는데요."
점원은 내가 가리키는 곳으로 나가 확인했다.

"죄송합니다. 이건 이 제품이 아니라 저 제품에 해당되는데요."

그리고는 할인 표시 스티커를 떼어 다른 제품에 붙였다. 누군가가 잘못 붙여 놓았다는 거였다. 그러나 이미 계산을 끝냈고, 그것은 필요한 제품이기도 하며, 다시 환불해달라기도 뭣해 그냥 나왔다. 화장품 가게를 나와 버스 정류장을 향했다.

날은 더웠고, 버스는 오지 않았다. 오랜 기다림 끝에 버스를 타고 집 근처 정류장에서 내렸다. 너무 더워서 차가운 과일차 생각이 났다. 자주 가는 음료 가게로 들어가 "자몽꿀차(葡萄柚蜜茶)에 한천(寒天, 우뭇가사리 가공품)을 넣어주세요"했다. 대만에서 즐겨 마시던 음료였다. 대만의 자몽은 정말 맛있다. 자몽 반 개나 한 개를 모두 짜 넣어주는 음료는 맛이 그만이다. 게다가 한천을 추가하면 왠지 다이어트 식품을 먹는 듯한 기분까지 들었다. 물론 설탕은 조금만 넣어달라고 했다.

내 앞으로 손님이 여섯 명이나 더 있었다. 날이 더웠고, 기다릴 만한 공간도 충분하지 않았지만 좋아하는 음료를 마실 생각에 조금은 들떠 있었다.

"292번 고객님, 자몽꿀차 나왔습니다."

나는 번호표를 내밀고 음료를 받았다. 굵직한 빨대를 꽂아 음료를 마셨다. "아, 이 맛이야" 한 번 더 마셨다. "어? 이

맛이 아니네?" 음료에는 한천이 없었다. 한천은 10원을 주고 추가해야 한다. 음료 뚜껑에 주문한 내용이 스티커로 붙여 나온다. 스티커를 확인했다. 분명히 한천 추가라고 적혀 있었다. 나는 마시던 음료를 들고 다시 점원에게 갔다.

"여기 한천 추가라고 되어 있는데, 안에 한천이 없어요."

점원은 다른 손님들의 주문에 너무 정신이 없었는지 대충 미안하다고 말하고는 다시 주겠다고 했다. 그런데 그사이 손님들은 더 많아졌고, 주문받은 음료를 만들기에 바빠 점원은 내게서 받은, 빨대가 꽂힌 음료를 저 끝에 놓아두고 다른 주문에 열을 올리고 있었다. 나는 그렇게 33도가 웃도는 토요일 오후 골목길에서 '내가 주문한 음료'를 기다렸다. 그럴 줄 알았으면 그냥 마시는 건데 괜히 따졌나 싶어 후회가 됐지만, 소용없는 일이었다.

"주문하신 음료 나왔습니다."

드디어 내 음료가 나왔고, 그 자리에서 빨대를 꽂아 마셨나. 내가 주문한 게 맞았다. 다행이었으나 하나도 기쁘지가 않았다. 10원짜리 기다림은 너무 가혹했다.

또, 대만 남부에는 유명한 햄버거 가게가 있다. 그 이름은 '단단버거(丹丹漢堡)'. 몇 번 먹어봤는데 맛이 괜찮았다. 저녁 반찬거리를 사러 마트에 갔다가 오는 길에 그 햄버거 가게에 들렀다. 평소보다 사람이 적었지만 여전히 손님으로 북적였다. 나는 긴 줄 끝에 섰다. 우유, 생선, 고기, 바나나로 가득

한 배낭 때문에 어깨가 욱신거렸다. 얼른 주문하고 가방 좀 내려놓고 싶다는 생각이 가득했다. 그런데 내 앞의 아저씨는 전화를 하면서 주문을 하고 있었다. 시간은 점점 더 지체되었고 어깨는 더욱 아파왔다. "그러니까 세트메뉴에 면이 있고 탕이 있는데 뭐 사라는 거야? 음료는 몇 개 사면 되는데?" 그런 통화는 주문 전에 미리 하면 어땠을까, 라는 생각이 들었지만 내가 상관할 바는 아니었다.

드디어 내 순서가 됐다.

"치킨 두 조각 세트와 매운 치킨 버거 두 개 주세요."

주문은 순조롭게 끝났다. 사실, 나는 주문하기 전에 연습을 했었다. 연습한 대로 잘해서 스스로에게 칭찬을 해주고 싶을 정도였다. 가방을 잠시 바닥에 내려놓았다. 아무것도 얹지 않으니 어깨에 통증이 더 느껴졌다. 빨리 올 것 같지 않은 내 순서를 기다렸다.

"35번 고객님 주문하신 음식 나왔습니다."

35번 고객이었던 나는 점원이 종이봉투 두 개에 정성스럽게 포장해준 치킨과 치킨버거를 양손에 쥐었다. 뿌듯했다. 집으로 돌아오는 길에 길바닥에 떨어진 5원을 주웠다. 땡잡았다, 고 중얼거렸다. 왠지 기분이 좋았다.

집에 와서 주문한 음식을 펼쳐 놓았다. 뭔가 허전했다. 치킨버거를 두 개 주문했는데, 하나밖에 없었다! 영수증을 보았다. 분명 두 개 값을 계산했다. 음식을 다시 종이봉투 두 개에 넣고 햄버거 가게에 가서 영수증과 주문한 음식을 모두 내보이며, "보시다시피 나는 이렇게 분.명.히. 치킨버거 두 개를 주문했는데 하나밖에 안 주셨으니 하나 더 주세요"라고 말해야 하나, 잠시 생각했다. 그러나 나는 이미 너무 멀리 와 버렸다. 소용없는 일이란 생각이 들었다. 아들과 함께 햄버거 하나를 반으로 잘라 먹었다. 햄버거는 맛있었지만 여전히 뭔가 허전했다. 하나를 먹어야 하는데 반쪽을 먹어서 그랬을 거다.

이건 뭐지? 내 잘못이 아닌데 내 잘못 같은 일들은. 아니, 돌이켜 보면 내 잘못이기도 한데, 내 잘못이 아니더라도 그냥 운이 별로 좋지 않은 참 피곤한 날을 보냈는데, 라며 끊이지 않는 말을 되뇌었다. 옷을 갈아입는데, 뭔가가 떨어지는 소리가 들렸다. 햄버거 가게 앞에서 주운 5원짜리 동전이었다. 동전을 손에 꼭 쥐었다. 그 동전이 그날의 유일한 행운인 듯 소중하게 느껴졌다.

말이 어눌하면 동시에 상황 파악을 빨리하지 못하고, 융통성 있게 대처하는 능력도 떨어진다. 나는 할인행사 날짜와 할인품목이 무엇인지 이해하게는 됐지만—그것도 오랜 학습 끝에—계획과 다른 일들이 벌어졌을 때 대처하는 능력은 턱없이 부족했다. 그 후로도 비슷한 일은 더 있었다.

모든 학습에는 수업료가 필요하다. 나는 그날 '산 교육'을 받느라 온몸의 땀샘이 폭발했으며, 무거운 짐으로 어깨가 짓

눌렀다. 그리고 수업료로 클렌징폼 하나와 치킨버거 하나를 지불했다. 그리고 칭찬으로 하늘에서 뚝, 떨어진 5원짜리 동전을 받았다. 그것은 한화로 200원이 채 되지 않았으니 나는 백 원짜리 칭찬을 받은 셈이다. 작은 행운에 웃음 짓는 나는 그렇게 낯선 땅에서 살아갈 힘을 조금씩 얻어갔다.

대만살이 팁

대만의 패스트푸드점도 한국처럼 현지화가 되어 있다. 맥도날드에는 파인애플버거가 있고, 한국에서 휘시버거가 사라졌던 시기에도 휘시버거가 있었다. 남부에만 있는 단단버거에는 세트 메뉴에 수프 같은 대만식 탕이나 탕면이 있다.

헌혈의 힘

한 통의 편지를 받았다.

영수증이나 광고지, 그나마 반가운 소식지를 제외하고 대만에서 우편으로 편지를 받는 일은 드물다. 그런데 그날은 정말 편지를 받았다.

"존경하는 조영미 여사"로 시작하는 편지였다.

내용은 이러했다.

귀하의 피가(혹은 피를 내준 귀하의 마음이) 큰 도움이 되었다는 감사편지였다. 나는 대만에 사는 초기 2년 동안 다섯 차례 헌혈을 했다. 5개월쯤 되었을 때, 한자가 눈에 들어오기 시작했다. 학교 공지사항에 뜬 다른 중요한 정보(예를 들면, 성적처리는 며칠까지 하세요, 언제부터 언제까지 복사실은 문을 닫습니다 등등)는 읽을 수도 없었는데 유독 한 공지가 눈에 들어왔다. 헌혈차가 학교 후문에 주차되어 있고, 이틀간 헌혈할 사람을 모시니 귀한 피를 나누어 주십사, 하는 내용이었다.

내가 똑바로 이해한 공지가 하필 '헌혈자 모심'이었을 뿐이었다. 아마 후문에서 중고물품 판매를 한다는 공고가 났고, 내가 그것을 이해했다면 중고물건을 사러 갔을 것이다. 그러나 무엇보다도 헌혈차를 방문한 계기는 "쓸모 있는" 사람이 되고 싶었던 마음이 커서였다.

처음 헌혈을 한 순간에도, 다섯 차례 헌혈을 한 후에도 내가 하려는 말을 상대에게 정확히 전달해, 완전히 해결한 적은 별로 없었다.

하고자 하는 말을 정확하게 전달하지 못한다는 자괴감은 생각보다 컸다. 말하고자 하는 메시지가 정확히 있음에도 불구하고, 부족한 언어 실력은 언어 능력 이외에도 상대의 태도나 그날의 분위기에 따라 영향을 받게 마련이다. 그러니 나의 말은 말 같지 않은 말이 되어, 흥얼거림 혹은 칭얼거림으로 들릴 수밖에….

나의 흥얼거림은 이러했다.

"아, 역시 대만 음식은 맛있네요.", "날씨가 더운 걸 빼고는 괜찮습니다.", "대만 사람은 참 친절하군요.", "학생들은 순합니다.", "중국어 공부는 재미있네요."

또, 나의 칭얼거림은 이러했다.

"이게 왜 또 안 되지?", "못 알아듣겠는데요.", "달라도 너무 다르네.", "저는 이게 문제라고 생각하는데요."

흥얼거림에도 칭얼거림에도 구체적인 근거가 뒷받침되었다면 좀 더 효율적인 제안이나 상황 설명이 되었을 것이다. 효율적인 전달은 대만 사람들과의 관계에서 내가 오로지 나

교내에 부착되어 있던 헌혈 안내 현수막

자신으로 정확히 보였으면, 하는 바람이었다. 아주 기본적인
일도 그곳에서는 간단하지가 않았다. 두뇌 회로가 엉키고 한
국어와 중국어, 이성과 감성, 논리와 비논리는 제자리를 찾지
못하고 있었다. 흥얼거림도 칭얼거림도 아닌, 아무런 구애도
받지 않고 오직 내가 선택할 수 있는 상황을 꾸준히 찾고 있
었다.

　그러한 공간이 내게는 헌혈차였다. 헌혈을 하기 전에 시행
한 설문조사에서 나는 "임신했어요?"에 "그렇다"고 체크했
다. 설문지를 설명해준 봉사자의 말뜻을 정확하게 이해하지
못해 빚어진 일이었다. 하지만 우리 누구도 난데없이 심각해
지는 일은 없었다. 둘 다 웃고 말았다. 어찌되었든 나는 지극
히 건강했고, 임신도 안 했고, 잠도 잘 잤고, 물도 많이 마셨
고, 밥도 많이 먹고 왔기에 헌혈에 아무런 문제가 없었다.

　헌혈차에서 나를 맞이한 사람들은, 그곳에 조금 더 있다가

가라고 했고, 어디 불편한 데는 없느냐고 물었으며, 과자랑 주스를 몇 개 더 챙겨 가라고 했다. 또, 다음에 또 오라, 움직일 때 어지러울 수 있으니 조심하라, 문제가 있으면 꼭 연락하라고도 했다. 나를 챙겨주는 말은 어찌나 그리도 잘 들리던지.

헌혈차에서 내내 이런 생각을 했다. 피를 더 오래, 더 많이, 더 자주 뽑았으면 좋겠다고. 그러면 그들이 건네는 따뜻한 말을 더 많이 들을지도 모른다.

참고로 학기 첫날 "조 선생의 수업을 선택한 이유를 쓰시오"라는 설문 항목에 이렇게 쓴 학생이 있었다.

"언젠가 학교 헌혈차에서 헌혈을 하는 선생님을 봤어요. 헌혈을 하는 사람이라면 분명 좋은 선생님일 거라고 생각했죠. 그래서 이 수업을 선택했습니다."

나는 그 학생의 예상이 틀리지 않길 바라며 다음 헌혈차를 기다렸다.

대만살이 팁

대만의 헌혈 과정은 한국과 거의 비슷하다. 질문이 어렵게 들릴 수 있으나 한국에서 헌혈을 해본 사람이라면, 또 건강한 사람이라면 언어에 구애받지 않고 헌혈을 할 수 있다. 학교에 헌혈차가 들를 때마다 많은 학생이 헌혈을 하려고 몰리는 탓에 오랜 시간 줄을 서야 할 때도 있었다.

5월은 세금의 달

대만의 5월은 세금의 달이다.

대만에서는 본인이 직접 국세청에 가서 세금 신고를 해야 한다. 그 누구도 예외는 아니었다. 단, 외국인들을 위해서는 별도로 안내를 해주기도 했다. 나는 대만 국세청과 라인 친구가 되었고 그로부터 적절한 시기에 적절한 정보를 받고 있었다.

대만에 있는 3년 동안 세금 신고의 경과는 이러했다.

2016년 5월: 2015년의 대만 체류 기간이 180일을 넘지 않아 국세청에 가서 세금 신고를 했다. 받을 것도 낼 것도 없었다.

2017년 5월, 2018년 5월: 세금 환급을 받았다. 신청 후 3개월 후 통장으로 입금이 되었다. 약 3,000NTD(우리 돈 120,000원)가량 환급이 되었다.

세금 계산을 위해 B4지 길이의 빳빳한 컬러 용지에 이것저것 기입할 것이 많았다. 중국어와 만국 공통어인 숫자에까지 까막눈인 나에게 그 종이는 짐덩어리 그 자체였다. 첫 해에는 대만 친구가 도와줬고, 두 번째, 세 번째 해에는 내가 써 갔다. 사실 세 번째 해에는 그 종이에 내역을 기입할 필요가 없었다. 거류증과 의료보험증만 들고 가면 됐다.

드디어 대만 거주 4년 차, 2019년 5월 1일에 네 번째 세금 신고를 했다. 직원은 단말기에 아이와 나의 거류증과 의료 보험증을 끼워 넣었다. 그랬더니 바로 세금 계산이 되었다. 가오슝국립대학교와 지아이국립대학교에서 일회성 특강으로 받은 금액과 공군사관학교 교사 임용 심사로 받은 금액까지 화면에 찍혀 나왔다. 내가 어디에서 어떻게 돈을 벌었는지가 화면에 모두 나타났고, 직원은 내게 그 내역을 확인해보라고 했다. 확인 절차가 끝나자 직원은 세금 계산 내역을 출력했다. 나는 직원이 형광펜으로 체크해준 부분의 금액을 보았다.

7,000NTD(약 280,000원).

관리비 석 달 치를 내고도 남을 돈을 받다니…. 직원은 내게 ATM 카드가 있느냐고 물었다. 그걸로 바로 세금 처리가 된다고도 했다. 카드 한 장으로 바로 세금 환급까지 해주다니, 대만 국세청의 능력은 해가 다르게 발전하는군, 괜한 감동까지 해버렸다. 아, 하는 옅은 탄성을 내뱉으려는데 창밖으로 소나기가 세차게 쏟아지는 소리가 들려왔다.

국세청 직원에게 환하게 웃으며 인사를 하고 자리를 떴다. 가방에서 주섬주섬 통장과 우산을 꺼내 들었다. 혹시 필요할까 싶어 들고 갔는데, 역시나 내 예상은 틀리지 않았다며 스스로의 준비성을 칭찬했다. 그리고는 은행으로 가서 통장 정리를 했다.

순간, 내 눈을 의심했다. 7,000원이 통장에서 빠져 있었다. 들어올 게 나가다니, 이것은 분명 직원의 실수일 것이야, 지난해 나는 모두 세금 환급을 받았고, 내 조건은 크게 달라진 것이 없는데 세금 환급 상태가 달라지다니 믿기 어려웠다.

세금 계산 내역을 들고 학교 행정 직원에게 가서 물어봤다. 대만 국세청은 절대 실수를 하지 않는다는 것이 그녀의 대답이었다. 나의 월급은 매년 아주 적은 액수로 늘고 있었고, 적은 액수라도 월급이 오르면 세금을 예년과 차이가 나게 많이 내게 되는 경우가 있다고, 그녀는 덧붙여 설명했다. 당연한 말인데 무척 억울했다. 수업도 없는 날이었는데 세금 환급 문제를 확인하러 굳이 학교 사무실을 들렀고, 소득도 없었던 발걸음은 다시 빗속을 향했다.

대만은 5월부터 6월까지 장마가 이어신다. 빗줄기가 더욱 굵어졌다. 운동화에 빗물이 스며들어 걸음이 점점 더 무거워졌다.

사실, 통장을 보고 눈을 의심했다는 말은 그냥 상징적인 표현은 아니었다. 나는 그즈음 자주 눈이 침침해지고, 조이는 듯한 통증을 느꼈다. 세금 환급을 신청한 뒤, 안과에 가서 시력 검사를 받았다. 의사가 내 눈을 향해 오른손을 들자 그

의 팔목에 있는 팬던트가 잠시 반짝, 했다. 그가 손가락으로
내 눈꺼풀을 들어 올리자 반짝거림이 시야에서 사라졌다. 의
사는 내 눈 속의 이물질을 꺼내며 말했다. 시력에는 문제가
없으며, 과하게 컴퓨터와 핸드폰을 봐서 눈이 많이 건조해졌
다고. 무표정한 얼굴로 세심한 매너를 보인 의사는 며칠간
안약을 넣으며 경과를 보자고 했다. 처방받은 안약을 기다리
고 있을 때였다.

"잉메이 아이(英美 阿姨)."

이는 아들 친구들이 종종 나를 부를 때 쓰는 말이다. 한국
어로 굳이 표현하자면 "영미 이모님(이모나 아줌마)" 정도 될
것이다. 나를 사적으로 아는 사람들이 있는 곳이 아니라, 병
원을 포함한 스타벅스, 국세청, 보험사 등에서 나를 "잉메이
아이"라고 부른 적은 없었다. 대부분 "자오 샤오지에(趙小姐)"
라고 불렀다.

그런데 아들 친구들이 나를 "이모님"이라 부를 때와 간호
사가 나를 "이모님"이라고 부를 때는 느낌이 달랐다. 마치 내
가 20년은 더 늙어버린 느낌이랄까? 나는 그날, 국세청 직원
의 말을 못 알아듣고는 돈벼락이라도 맞은 양 기뻐했고, 간
호사가 이모님이라 부른 중국어를 이해해 살짝 마음이 상하
기도 했다. 모르는 게 약인지 아는 게 힘인지 헷갈린, 종일 비
가 그치지 않았던 날이었다.

대만살이 팁

대만인에서는 보통 연령과 상관없이 여성은 샤오지에(小姐 [xiaojie]), 남성은 셴성(先生[xiansheng])이라고 부른다. '샤오지에' 의 사전적 의미는 '아가씨'인데, 일반적으로 여성을 총칭한다. 남성의 이름에 붙이는 '시엔셩'은 처음 들었을 때 한국어의 선 생님이라는 의미로 이해해 헷갈렸다. 학교에서는 나를 '라오스' (老師, 선생님)라고 부른다.

대만인들은 연령에 상관없이 서로의 이름을 부른다. 동료 선생 들이나 교직원들도 나와 친한 사람들은 선생님 대신 '잉메이'라 고 했다.

왜 스타벅스를 좋아하는가

대만인은 커피보다 차를 즐겨 마신다. 학교 앞에는 커피숍 대신 음료 가게가 즐비해서, 차보다 커피를 좋아하는 나는 커피를 마시기 위해 세븐일레븐(일명 세븐)을 찾곤 했다. 그곳의 커피는 맛과 향이 좋았으며 가격도 저렴했다. 하지만 그보다 안락한 공간에 앉아 커피를 마시고 싶었다. 나에게 그러한 곳은 스타벅스였다.

한국에 있을 때는 집 근처의 스타벅스를 골라서 갈 수 있었다. 한국의 "스타벅스에서 만나자"라는 말은 마치 대만의 "세븐(일레븐)에서 만나자"라는 말과 다르지 않았다. 대만에서는 세븐이 너무 많으니 어디에 있는 세븐인지를 말해야만 했다. 대신 스타벅스에서 만나자고 하면 단 한 가지 선택뿐이었다. 학교 앞에서 버스로 다섯 정거장 이상, 걸어서 30분 이상 가야 하는 곳에 있었으니까.

그래도 갔다. 스타벅스는 안락하고 편안했다. 조용히 앉아 커피를 마시며 생각을 정리할 수 있는 공간이었다. 가오슝의 스타벅스는 조금 더 편안한 환경에서 대만 사람처럼 중국어를 쓸 수 있는 공간이었다.

나는 종종 어눌한 중국어 발음으로 스타벅스 종업원들을 당황하게 했다. 중국어로 주문을 할 때마다 아메리카노(美式咖啡, 메이스까페)와 오늘의 커피(每日咖啡, 메이르까페) 발음을 헷갈리기 일쑤였다. 다른 음료의 중국식 이름은 제대로 발음하기가 어려웠고, 결국 그들은 나의 부정확한 발음을 알아듣지 못하는 바람에, 우왕좌왕하면서 영어로 tall, hot 등의 단어를 더듬더듬 말하며 주문을 받았다.

그 후로도 스타벅스에서는 계속해서 중국어로 주문하려고 노력했다. 종업원을 마주하기 전까지 마실 음료의 이름을 몇 번이고 연습했다. 그 연습은 성공으로 이어지지 않을 때가 많았다. 그래서인지 종업원과 나 사이에는 영어가 끊임없이 오갔다. 오히려 종업원이 영어로 말하는 일이 잦았다. 그래도 나는 중국어로 주문을 하고 질문을 했다.

"지난번에는 컵 할인 10원(한화 약 400원)을 받아서 55원이었는데, 지금은 왜 65원인가요?" 내 질문을 이해하지 못한 종업원은 다른 종업원을 불렀고, 나는 다시 똑같은 질문을 했으며, 그들은 서로 번갈아 가면서 영어와 중국어를 섞어 설명했다. 결국, 커피값 인상으로 결론이 났다.

내가 거주하는 곳에는 한국인이 별로 없었다. 학교 밖으로 나가면 꼼짝없이 중국어를 써야 했다. 식사를 하거나 물건을 살 때에도 예외는 없었다. 그 덕에 생존 중국어를 조금씩 배

위 갔는데, 스타벅스 직원들은 내게 자꾸만 영어 대화를 시
도하곤 했다. 내가 어눌한 중국어로 말하면 영어로 대꾸하는
대만인들도 종종 있었다. 나는 그런 상황에서 계속 중국어로
대답하면서도 금세 주눅이 들기 일쑤였다.

'내 중국어는 너무 형편없구나. 그래서 그들은 자꾸 영어를
쓰는군.'

나에게는, 발음이 부정확하고 앞뒤가 맞지 않는 한국어를
이해하는 데 탁월한 능력이 있었다. 심지어 학생들의 눈빛만
봐도, 그들이 내게 뭘 말하고 싶어하는지 알기도 했다. 학기
가 시작되면 하루 24시간 중 깨어 있는 시간의 상당 시간은
"Broken Korean" 해독에 할애했다.

학생들은 나를, 중국어를 전혀 못 하는 선생으로 알고 있
었다. 중국어를 조금이라도 구사할 수 있다고 말하지 않는
건 극비라서가 아니었다. 사실, 나의 중국어는 극비로 다룰
정도의 실력도 아니었다. 그저 내가 조금이라도 중국어를 쓰
게 되면 학생들은 너무 쉽게 중국어로 얘기를 건넬 것 같아
서였다. 물론 외국어 학습에 극도의 스트레스를 주고 싶지
않았고, 또 문제가 있을 경우에는 정확히 파악해야 하는 관
계로 메일은 중국어로 보내도 된다고 했다. 정말 급한 나머
지 수업 시작 전에 내게 달려와서, "선생님, 여기 보세요. 갑
자기 제 눈이 빨개졌어요. 아무래도 수업을 못 하겠죠? 집에
갈래요. 아이, 진짜 아프네"라고 빠른 속도로 중국어를 뱉어

내는 학생도 있다.

그렇지만 대부분의 학생은 한국어로 말하려고 애썼다. 중
국어를 못하는 선생님에게 요구사항을 말하려고 똑같은 말
을 몇 번씩 연습했다. 자기가 하고자 하는 말을 저보다 한
국어 실력이 조금 더 나은 친구에게 한국어로 써 달라고 해
서─물론 그 또한 앞뒤 해석이 쉽지 않은 한국어일지라도─
한참 웅얼거리며 연습하다가 내게 전하곤 했다. 그 모든 과
정을 통해 학생들은 한국어를 배워나갔다.

그 학교에서는 학생들이 한 학기에 제한된 횟수만큼 칭지
아(請假, 결석, 휴가 신청)를 할 수 있었다. 학생들이 정해진 시간
내에 온라인에 결석 사유를 올리면 담당 교수가 그걸 보고 승
인해주었다. 몇몇 학생들은 결석 사유를 이렇게 올렸다.

"감기, 설사, 생리, 토해요, 고향에 갔어서요."

결석 사유의 사실 여부를 떠나, 학생들은 한국인 선생님을
위해 직접 한국어로 타이핑을 한 그들의 노력이 가상해 보였
다. 심지어 깅의 평가시도 한국이로 쓰는 학생들이 있었다.
대부분은 '사랑해요'였다. 학생들의 변화와 노력을 보며 '설
사'와 '사랑해요'를 동일한 감정으로 느끼기도 했다.

한 일본 친구가 이런 말을 한 적이 있었다.

"나는 중국어를 못 하니까 주로 스타벅스에 가. 거기선 영
어가 되잖아."

스타벅스의 특성상 외국인 고객이 많아서 그런지, 점원들

은 대개 간단한 영어를 구사할 수 있다. 업무 훈련을 받아서 일 수도 있고, 정확한 주문을 받아야 한다는 의무감으로 외국인 고객의 부정확한 주문 내용을 다시 확인하기 위해 영어로 재차 확인하는 것도 있다.

외국인 고객인 나는 스타벅스에서 영어를 쓰지 않았다. 이유는 간단했다. 대만 고객들도 영어를 쓰지 않았기 때문이었다. 일반적인 대만인들처럼 일상생활을 하려는 것뿐이었다. 동시에 한국인 선생에게 할 말을 적어서 연습해 오는 학생들처럼, 나 또한 떨리는 입술로 배우고 있는 외국어를 적절한 상황에서 쓰려는 것이었다. 학생들에게는 교실 안이 배움터였다면, 나에게는 교실 밖이 배움터였다. 각자 배워야 할 공간에서 자신의 몫을 해내는 성실한 학생이면 되었다.

종업원이 신메뉴를 소개하고 구매 의사를 물으면 나는 거기에 응답했다. 발화와 동시에 "나는 외국인입니다"라는 신분증을 들이밀었다. 하지만 그 신분증은 부끄러운 것이 아니었다. 있는 그대로의 모습이자, 외국어학습 단계를 낱낱이 보여주는 과정이었다. 상대방의 부정확한 말을 이해하려는 노력은 현지인의 몫이 되기도 한다. 모국어로나 외국어로나 어차피 우리는 모두 동일한 언어 수준의 사람들과만 대화를 하지는 않으니까. 그런 의미에서 스타벅스는 일상의 작은 도전을 실현할 수 있는 공간이 되었다.

어느 날 또, 스타벅스에 들렀다. 매장 안에 아름드리 나무가 한 그루 있는, 참 편한 곳이었다. 헛기침을 몇 번 한 뒤, 점원 앞으로 다가가 어김없이 중국어로 주문을 했다. 점원은 내 발음을 듣고는 한 차례 주문을 다시 확인했고, 나는 기꺼이 중국어로 대답했다. 회원카드를 받아 들고 계산을 진행하던 점원은 내게 '중국어로' 말했다.

"이름 보니 한국인이네요."

"네, 한국인이에요."

"중국어 잘하시네요."

어린 점원은 카드를 건네주며 나를 향해 웃어 보였다. 나도 그녀에게 웃으며 고맙다고 인사했다. 그날 주문한 커피는 딱 좋았다.

대만살이 팁

가오슝 내 학교 근처에는 음료 가게가 필요 이상 많았다. 일주일에 한 번씩 다른 음료 가게에 들러도, 집 주변 가게를 다 가볼 수 없을 정도였다. 반면, 대만 학생들은 한국에는 커피숍이 너무 많아 놀랐다고 했다. 게다가 한국에 유학 와서 불편했던 점으로 밥보다 비싼 커피를 친구들과 몰려가서 마셔야 할 때라고 했다.

나가는 말
돌아와요, 캡틴

2019년 여름, 만 4년 만에 한국으로 돌아왔다. 대만에서의 커리어를 모두 접고 돌아오는 일이 쉽지 않았고, 또 대만에서 더 해보고 싶은 일들이 많았지만 우리 가족은 오랜 기러기 생활에 지쳐 있었던 터라 완전히 귀국하기로 결정하였다.

한국에 돌아와도 한동안은 내가 서울로 돌아왔다는 사실이 실감이 나지 않았다. 그렇게 또 시간은 흘렀고, 한국의 가을 풍경이 펼쳐진 뒤에 추위가 밀려오자 비로소 한국으로 돌아왔음을 실감하게 되었다. 4년 내내 여름 옷으로 살아 변변한 겨울 옷이 없었던 나는 롱패딩을 하나 장만했고, 많은 이들이 그러했듯 트롯 열풍에 빠져들었다.

시작은 임영웅이었다.

임영웅의 팬이자 유튜브 구독자이기도 한 나는, 그가 커버한 곡을 하나씩 들어보았다. 중국어로 된 노래 제목이 있었다. 클릭,

달빛이 내 마음을 대신하죠(月亮代表我的心)

영화 '첨밀밀'의 OST로, 대만 출신 가수 등려군(鄧麗君)의

대표곡이다. 시작은 임영웅의 커버곡으로 '노래로 배우는 중국어'를 학습할 계획이었다. 그런데 그의 영상에는 중국어가 아닌 한국어 번역만 있었다. 하는 수없이 다른 영상을 찾았다. 클릭,

거기에는 임영웅이 없었지만, 원곡 가수 등려군이 있었고, 중국어도 있었다. 계획대로 '노래로 중국어 배우기'를 실천하려던 참이었다. 다시 클릭, 등려군의 청아한 목소리가 울렸다.

그 울림은 노래를 따라 부르는 내 입 속에, 등려군의 우아한 몸짓을 보고 있던 내 눈에, 대만을 떠올리는 내 머릿속으로 점점 퍼져갔고, 그녀의 음성은 나를 4년 전의 모습으로 되돌려 놓았다.

2015년 어느 여름.

대만에 도착한 후였다.

마땅히 길 곳도, 만날 이도 없었고, 빨리 중국이를 배워 제대로 살아야겠다는 막연한 결심 끝에 방에서 혼자 중국어 책을 펼쳐 놓고, 등려군의 노래를 틀어 놓았다. 가오슝의 낯선 공기, 텅 빈 집에서 대만 음악 플레이 리스트에 있던 등려군의 노래를 듣고 또 들었다. 그러니까 등려군은, 그녀의 노래는, 낯선 대만 생활을 혼자 짊어져야 했던 내게 친구가 되어주었다.

그 시절의 감성을 나의 살던 고향에서 다시 떠올리며 유튜브에서 나오는 등려군의 노래를 다시 눌렀다. 그리고 스크롤바를 아래로 내리다가 그를 만났다.

89년 초임 항해사 시절 H사의 화물선을 타고 가오슝에 상륙 나가서 시내를 돌아다니다 우연히 듣던 곡 너무나 여운이 남아 당직 때 혼자서 흥얼거리던 노래. 혼자서 듣고 있으면 89년 당시의 젊고 싱싱한 항해사로 돌아간 느낌이다. 다시 되돌아가고 싶은 그때 너무나도 그립다.

30여 년 전, 가오슝에서 항해를 했던 분이 남긴 댓글이었다.[*]
오래전, 혼자 가오슝 시내를 돌던 젊은 항해사의 모습을 그려보았다. 그의 모습에서 몇 해 전, 동일한 장소에서 '기약 없는 항해'를 해버렸던 내 모습도 떠올랐다. 거리에 스쳐가는 낯선 언어, 그리고 등려군의 목소리, 가오슝의 더운 공기와 오토바이 소리들.
391. 그의 댓글에 달린 대댓글의 개수였다. 가오슝을 떠올리는 이들이 이렇게 많았던가? 그들이 각자 기억하는 가오

---

[*] 캡틴의 이야기는 아래 화면의 댓글에서 확인할 수 있다.
https://www.youtube.com/watch?v=9Wp3a2DnkoE&list=RD9Wp
3a2DnkoE&start_radio=1

슝 이야기가 더 있단 말인가? 누군가의 가오슝 이야기가 듣고 싶어졌다. 클릭,

그 순간 대댓글들이 잦은 파도처럼 일렁이며 화면에 펼쳐졌다.

그때만 해도 알지 못했다. 내가 한 노인의 삶을, 외로움을, 그리움을 읽어버릴 줄은.

그렇죠 87년 12월에 범양상선에서 실기사 마치고 88년도부터 H 선사의 3항사로 배를 탔었죠. 이제는 이 노래를 들으면 눈물이 자꾸 납니다…. 89년생인 젊은이 늘 행복한 하루 젊음을 최대한 즐기길 바랍니다 저는 제 젊음 바다에 던지고 후회는 없지만 가끔 여느 젊은이처럼 제대로 즐기지 못 한 점 늘 아쉽답니다….

캡틴은, 자신을 89년생이라고 밝힌 어떤 이에게 당신의 젊음을 꺼내 보였다. 등려군의 노래와 가오슝을 떠올리며 그는 그 시절, '바다에 넌졌던' 젖어버린 젊음을 다시 긴져낸 것이다. 물에 들어갔다 나온 젊음만큼이나 촉촉하고 주름진 그의 눈가가 화면에 드러났다가 지워지기를 반복했다. 캡틴은 그 시절을 기억하고 있었다. 80년대 당시 한국보다 훨씬 발전한 대만의 모습을, 바나나와 오렌지가 귀한 시절 자식을 주려고 몰래 들고 들어오다가 세관에 걸려 내 자식 먹일 거니 좀 봐 달라고 사정하던 동료들의 이야기도.

그와 이야기를 나누던 이들은 캡틴의 삶에 박수를 보냈다. 동시에 그가 짊어진 가장으로서의 무게에 공감하며 또 다른 아빠들은 먹고사는 일의 버거움을 캡틴에게 하소연했다. 캡틴은 그들을 다독였다.

그 이후, 점점 더 많은 이들이 댓글에 몰리기 시작했다.

해양대 출신 아버지를 둔 아들, 해양대 후배, 사업 부진으로 좌절한 가장, 그리고 또 다른 89년생들, 해외 생활을 꿈꾸는 젊은이들, 인생에서 돈이 갖는 의미가 도대체 무엇인지를, 미래를 위해 무엇을 우선시해야 하는지를 진정으로 알고자 하는 이들이었다.

캡틴은 시대를 힘겹게 살아가는 이들이 올린, 답이 없는 질문에, 삶에서 마주한 상처에, 그리움에, 돌이킬 수 없는 일들에 하나씩 답을 달아주었다.

문득 나도 그에게 묻고 싶었다. 캡틴, 나도 왜 이 선택을 했을까요? 무엇을 위해서 가족이 떨어져 지내며 어디로 가는지 예측할 수 없었던 '그 항해'를 했을까요?

몰라서 묻지 않았을 것이다. 우리가 어디를 어떻게 가야 하는지, 무엇을 위해 가야 하는지, 무엇을 찾아야 하는지…. 그저 확신이 필요했고, 위로도 받고 싶었고, 공감도 느끼고 싶었을 것이다, 적어도 나는 그랬다.

나도 내 이야기를 하고 싶었다.

이국 땅에서 혼자 감당해야 할 일이 너무 많다고, 이렇게 비틀거리며 가는 게 맞는지 도저히 모르겠다고, 가끔은 내 뜻대로 안 되는 일 때문에, 더운 날씨 때문에 숨이 막힌다고 말하고 싶었다.

모르지 않았다. 내가 뭘 하고 있고, 뭘 해야 하는지 말이다. 그래도 때로는 정말 몰랐다. 내가 나를 몰랐고, 누군가가 대신 나를 알아봐 주길 바라고 또 바랐다. 등려군의 목소리를 들으며 캡틴의 이야기를 읽으며 누군가와 소통하고 있는 순간이 문득, 몸서리치게 감사하게 느껴졌다.

내 이야기를 전하고, 내 이야기를 들어주는 이들을 만나며, 서로가 서로에게 보이지 않아도 고개를 끄덕이고 어깨를 다독이는 동안, 우리는 인생이라는 거친 바다에 조금은 용기를 내어 항해를 하고 있겠지. 바다 위를 떠다니며 난데없이 들이치는 파도를 온몸으로 맞으면서도 누군가를 만나고 손을 흔들어주면 다시 제 갈 길을 갈 수 있는 힘을 얻겠지, 그렇겠지, 나도, 캡틴도, 여러분도. 무엇보다도 우리 모두는 스스로 돛을 올린 자기 배의 '캡틴'이겠지.

대만 생활 이야기를 오랜 기간 동안 브런치라는 공간에 올렸다. 이 글 "돌아와요, 캡틴"은 브런치의 100번째 글이었다. 대만 이야기를 백 번이나 하는 동안 독자분들로부터 분에 넘치는 관심을 받았다. 그들은 나의 가족이기도 했고, 친구이기도 했지만 일면식도 없는 분들이 대부분이었다.

내가 쓴 글이 모르는 누군가에게도 닿을 수 있다면, 낯선 곳에서 여정을 가는 이에게 잠시나마 말 걸 수 있다면, 그것으로도 참 족할 것이라는 생각에 글을 쓰기도 했던 것 같다.

이 글을 한데 묶으면서 고마운 사람들이 많이 떠올랐다. 내가 근무했던 원자오외국어대학교(文藻外語大學)에서 만난 모든 분들, 그리고 나의 착한 학생들은 내게 아낌없는 관심을 보여주었다. 그들의 배려와 관심 덕분에 나는 외국인 노동자로 제 몫을 할 수 있었다.

또한 일터를 벗어나면 그나마도 아무것도 할 줄 몰랐던 내가 대만 생활을 버틸 수 있었던 것은 오롯이 친구 루루(Lulu)와 수원(沈叔韻) 덕분이었다. 루루는 화교 출신으로 한국에서 태어나 중학교 때까지 한국에서 자라 한국어가 능통했고 한국 생활을 무척 그리워했다. 내가 대만에서 어떤 어려움이 있을지는 그녀가 항상 먼저 알았고, 마트에서 샴푸와 두유를 사는 일부터 교통사고 처리까지 크고 작은 일을 발 벗고 나서서 도와주었다. 수원은 첫 학부모 모임에서 내게 제일 먼저 손을 내밀어준 이였다. 운전도 못 해 기동력을 발휘하지도 못했고, 중국어도 짧아 다른 학부모들과 어울리기는커녕 학교에서 집으로 돌아가는 일도 제대로 파악하지 못하곤 했는데 같은 학부모이자 친구로서 그녀는 나와 내 아이의 학교

생활을 물심양면으로 도와주었고, 내가 어디에 가든 그녀는 꼭 나와 내 아이를 제 차에 태우고 함께 가주었다.

대만살이를 정리한 뒤에도 내가 이렇게 대만 이야기를 할 수 있었던 것은 국립가오슝대학교의 한국어학과의 이경보(李京保) 교수님과 하범식(河凡植) 교수님의 도움이 컸다. 이분들은 내가 대만을 떠나도 국립가오슝대학교의 한국연구센터의 연구원으로 활동할 수 있도록 지원해주신 덕분에 나는 한국에서도 활발한 학술 활동을 이어갈 수 있었다. 또한 대만에 있는 동안 대만 학자들과 활발한 교류를 할 수 있게 도와주신 왕청동(王清棟) 교수님을 비롯해 국립정치대학교 교수님들, 가오슝 세종학당 관계자분들 및 대만에서 한국어 문화교육에 힘쓰시는 많은 분들의 도움을 받아 조금씩 대만 이야기를 할 힘을 얻었다.

추천사를 써주시고 격려를 아끼지 않으신 부산외국어대학교 송향근(宋享根) 교수님과 국립지아이대학교 황월순(黃月純) 교수님께도 깊이 감사드린다.

또한 이 책이 나오기까지에는 박정은 선생님 역할이 컸다. 책으로 묶으려는 내 글을 제일 처음 읽고 아낌없는 조언과 격려를 해준 덕분에 이 글이 세상에 빛을 볼 수 있었다. 아울러 산지니 출판사 측에도 감사의 마음을 전한다.

무엇보다도 우리 가족들. 대만에 있었던 4년은 우리 가족에게는 쉽지 않은 시간이었다. 오랜 기러기 생활로 혼자 한국에서 애쓴 남편과 대만에서 또 다른 학창 시절을 시작하면서도 불평 없이 제 할 일을 잘 해낸 아이에게는 항상 미안하고 고마운 마음뿐이다. 또한 우리가 무사히 객지 생활을 해나가도록 기도해주시고 응원해주신 부모님들께 깊이 감사드린다.

이 글은 내가 내 삶의 캡틴이 되어가도록 조금씩 이끌어주었다. 여러분도 자신의 이름을 딴 선박의 캡틴으로 살아가길, 진심으로 응원하여 당신께 이 책을 전한다.